par Hyacinthe Bruchet – Paris, L. Mathias, 1863.
(d'après une couverture disparue)

CHEMIN DE FER

DE PARIS A LYON, PAR LA BOURGOGNE.

LIGNE DU SEREIN.

NOTES

Présentées aux Commissions chargées d'examiner les différens Projets de Chemins de Fer.

M. le ministre des Travaux publics a cru voir dans la loi sur l'exécution des chemins de fer, du 11 juin 1842, l'exclusion formelle de tout tracé de chemin de fer qui, pour aller de Paris à Lyon, ne passerait pas par Dijon. Conséquemment, il n'a pas cru devoir mettre en comparaison avec les autres tracés celui par le Serein, dont nous avons fait l'étude, et qui, cependant, sous plusieurs rapports est préférable à tous les autres.

Nos adversaires, profitant habilement de cette interprétation rigoureuse, voudraient faire considérer notre projet comme définitivement jugé et écarté. Il est plus facile de tourner une difficulté que de la vaincre; aussi on ne prend plus la peine de nous répondre, on ne discute plus avec nous, on dit : le projet par le Serein ne fait plus partie des concours, il est mis hors de cause, c'est une question décidée. Non, la question n'est pas résolue, elle reste pleine et entière : toutes les influences ne peuvent pas plus changer la configuration du sol que les points géographiques; les démarches, les sollicitations n'ont pas la puissance de combler les vallées et d'abaisser les montagnes dans une direction, en élevant les unes et rendant les autres plus profondes dans une autre direction.

Ce n'est qu'en supposant des difficultés, des impossibilités qui n'existent pas et en empêchant un examen sérieux et contradictoire, qu'on a introduit dans la loi l'article 12 qui paraîtrait repousser notre projet. Mais la loi eût-elle prononcé, que nous n'en persisterions pas moins dans nos justes réclamations, et nous croyons défendre les intérêts du pays en défendant notre projet. Une nouvelle loi peut toujours modifier et améliorer une autre loi. Nous sommes heureux de voir qu'à cet égard nos convictions sont partagées, non-seulement par les hommes spéciaux, mais encore par un grand nombre de membres des deux chambres et particulièrement par M. le comte Daru, pair de France, un de nos plus savans économistes, qui vient, par de puissans motifs, dans un ouvrage des plus remarquables, destiné à jeter une grande lumière sur la mesure à prendre pour l'établissement des chemins de fer et sur les effets que l'on doit attendre de ces voies rapides; il vient, disons-nous, de démontrer victorieusement que rien n'est arrêté relativement à la ligne de Lyon, que rien n'établit qu'elle *doive nécessairement passer par Dijon*; les pièces et les documens ont été insuffisans pour juger définitivement une question aussi importante. Il ajoute qu'il convient de l'examiner de nouveau avec tout le soin qu'elle mérite, avant de prendre un parti définitif.

Comme vous êtes appelés à prononcer sur le choix à faire entre les différens projets de chemins de fer proposés pour unir Paris à Lyon, à juger quel est celui qui satisfait le mieux aux besoins du pays, et à préparer les élémens qui doivent éclairer la discussion, en donnant aux chambres les moyens de se prononcer avec une parfaite connaissance de cause et de prendre une décision conforme aux intérêts généraux, et pour répondre à l'invitation qui nous a été faite d'extraire de nos différentes publications le résumé succinct des motifs qui militent en faveur de la ligne du Serein, et de fournir, le plus sommairement possible, les notes suffisantes pour faire apprécier les avantages de notre projet, nous nous empressons de mettre sous vos yeux seulement les chiffres qui ont rapport à notre projet, en les plaçant en regard des chiffres concernant les projets de nos adversaires. Nous avons toujours appelé de tous nos vœux le débat contradictoire, et les notes que nous publions, tout en établissant les élémens de la controverse, démontrent jusqu'à la dernière évidence combien, dans l'intérêt général de la France, notre projet l'emporte sur ceux qui lui sont opposés.

Depuis que le comité de l'Yonne a pensé que la ligne de l'Armançon devait être préférée à celle du Serein, on n'a cessé de dire et de répéter que nous n'avions fait aucune étude sérieuse; on ajoutait que le projet par le Serein n'était pas prêt, tandis que celui par le canal de Bourgogne était complet. Lorsque la préférence à donner à la direction était considérée par nos adversaires comme le prix de la course, jusqu'à un certain point on pouvait comprendre de semblables imputations; nous devions penser qu'elles cesseraient lorsqu'un débat sérieux serait engagé entre les différens projets; il n'en est rien, les attaques continuent, non par écrit, on ne l'a jamais fait, il faudrait établir des faits, faire des citations positives : une réfutation deviendrait trop facile; mais toutes les fois que l'occasion se présente, on ne manque jamais de dire que nos travaux ne méritent aucune confiance, que nos nivellemens sont remplis d'erreurs; pour justifier de semblables assertions et leur donner certaine apparence spécieuse, on s'appuie des travaux et des publications de l'administration des Ponts-et-Chaussées. Ces attaques ayant un caractère fondé, nous ne pouvons nous dispenser de répondre. Nous allons établir les faits qui permettront d'apprécier la véracité des imputations, et de voir si elles sont fondées.

Parmi les différentes pièces que l'administration a publiées, se trouve le profil en long de l'avant-projet du tracé de la partie commune aux trois directions de Dijon à Lyon; il est vrai que notre travail est loin de ressembler à celui de l'administration, nous sommes convaincus néanmoins que les erreurs les plus majeures ne sont pas de notre côté; nous n'avons jamais eu la prétention d'avoir fait un travail parfait et sans reproche, mais, au moins, il est consciencieux, et nous croyons qu'il est plus que suffisant pour un avant-projet.

A la station de Chagny, nous trouvons que la côte du point de notre tracé serait de 223^{m},59 au-dessus du niveau moyen de l'Océan, et nous avons porté à 180 m. celui d'arrivée à Chalon. Sur le profil dont nous avons parlé se trouve indiquée une pente d'un dix millième, qui commence à 4820 m. après le village de Corberon et le passage de la route royale n° 73 de Moulins à Bâle, et qui finit près du village de Saint-Jean, à 6,000 m. avant Mâcon ; la côte du point de départ est de 173^{m},45, et celle du point d'arrivée de 165^{m},51 ; la hauteur du chemin, au passage de la D'Heune, serait de 173^{m},63, cette rivière se trouvant à 1,800 m. du commencement de la pente. Comme en remontant la station de notre tracé, à Chagny, se trouve éloignée de 20 kil. du tracé de l'administration au passage de la D'Heune, et qu'entre ces deux points il y aurait une différence de niveau de 50^{m},14, la pente de la vallée de la D'Heune serait de 2 millimètres, cinq par mètre, tandis que son inclinaison est des trois quarts moins forte. Voilà sans doute la grande découverte qui a été faite et qui prouve que notre travail n'a *aucun caractère sérieux* !

Au confluent du Doubs et de la D'Heune, la cote de l'étiage de la Saône est de 174^{m}, 364 (1), d'après notre travail, la cote de hauteur de la D'Heune serait, à Chagny, de 206^{m},837 (2) ; le développement de la rivière de Chagny, à son embouchure, étant d'environ 30 kil., la pente totale de la rivière serait de 33 m. ou d'1 milli. 3 ; le passage du tracé de l'administration sur la D'Heune serait à environ 10 kil. de son embouchure ; d'après ce qui précède, ce point serait de 10 m. plus élevé que la Saône. Comme on peut supposer qu'à son embouchure la D'Heune a une inclinaison moins forte, en ne portant la différence de niveau que de 6 m., nous arriverions à une hauteur de 180^{m},364, au-dessus du niveau de la mer ; la hauteur du tracé de l'administration étant de 173^{m},65, il se trouverait à 6^{m},714 au-dessous du niveau de la rivière.

A Lyon, nous plaçons la station d'arrivée de notre chemin derrière la gare de Vaise, à 171 m. au-dessus du niveau de la mer ; notre travail a été terminé avant la fameuse inondation de 1840 ; nous croyons être plus élevés que cette crue extraordinaire, mais nous n'avons pu vérifier le fait exactement, le temps nous a manqué pendant les courts séjours que nous avons faits à Lyon depuis cette époque. Le profil de l'administration s'arrête au ruisseau de la Roche-Cardon, à 550 m. avant notre station ; la cote du nivellement est de 157^{m},71

(1) Une fausse cote de hauteur à l'échelle du pont de Mâcon nous ayant fait recommencer un nivellement depuis Lyon, qui nous donnait les mêmes résultats, nous nous sommes adressés à M. Laval, ingénieur de la navigation de la Saône, pour lui demander ses cotes de hauteur sur divers points ; il s'est empressé de nous les donner : notre travail se trouve parfaitement en harmonie avec le sien à des différences insignifiantes. Voici ces hauteurs :

A Trévoux (en face d'Anse),	167 mètres 197 ;	à Verdem (confluent du Doubs),	174 mètres 364.
A Mâcon (au pont),	170 mètres 887 ;	à Seurre (pont),	177 mètres 270.
A Tournus (pont),	171 mètres 785 ;	à Saint-Jean-de-Losne (pont),	180 mètres 557.
A Chalon (pont),	173 mètres 415.		

(2) La station de notre chemin, à Chagny, n'est pas située sur les bords de la D'Heune, mais près du canal, sur le versant de la montagne, à 17^{m},063 au-dessus de la plaine.

au-dessus du niveau moyen de l'Océan, c'est-à-dire $13^m,29$ au dessous de notre station, et $4^m,29$ plus basse que l'étiage au pont de l'Archevêché. Il est facile de voir, d'après cet exposé, de quel côté se trouvent les erreurs.

Connaissant par expérience toute la difficulté qu'il y a à rendre parfaite une œuvre de cette importance, il n'a jamais été dans notre pensée de critiquer le travail de nos adversaires; si nous entrons dans cette digression, ce n'est point avec l'intention d'attaquer, mais seulement pour nous défendre. Si ceux des membres du comité qui sont toujours disposés à blâmer notre travail, avant de critiquer se fussent donnés la peine d'examiner avec un peu plus de soin et comparer entre eux les différens profils, ils eussent vu que leur ingénieur, ayant pris notre station à Chalon, avait conservé la cote de notre profil sur ce point (180 m.), et que, par la même raison, l'étude qu'ils avaient fait faire pouvait être critiquée. Si nous eussions terminé notre travail après l'inondation de 1840, au lieu de l'avoir fait en 1835, nous n'eussions pas placé notre station seulement à 180 m.; nous croyions cette hauteur à l'abri des plus grandes eaux, cependant elle a été dépassée de $0^m,662$ par cette crue extraordinaire; nous croyons qu'il serait bien de la porter à présent à $181^m,30$. M. Cordier, dans son projet d'embranchement sur Lons-le-Saulnier, donne à sa station à Chalon 182 m. Il a calculé, d'après les observations faites au pont de Fleurville, que la crue de 1840 avait été à Chalon de $7^m,77$ au-dessus de l'étiage, tandis qu'elle n'a été que de $7^m,247$, ce qui ferait une différence de $0^m,523$; il porte aussi la pente de la Saône, du pont de Chalon à celui de Mâcon, à $2^m,73$, tandis qu'elle n'est réellement que de $2^m,52$. Nous croyons que la hauteur de $181^m,30$, que nous donnons, est suffisante pour mettre notre station de Chalon à l'abri des plus grandes eaux.

Nos adversaires disent qu'ils ont fait vérifier les parties difficiles de notre tracé par leur ingénieur, et prétendent qu'il s'y trouve des *erreurs énormes*. Au lieu de rester dans des termes vagues, qu'ils nous indiquent les points sur lesquels nous différons, et, sans vouloir mettre en comparaison nos connaissances avec le mérite de M. Polonceau, nous nous chargeons de démontrer que le chemin peut être établi dans la direction que nous désignons, avec les conditions de pentes et de courbes indiquées dans notre travail. S'il y a dissidence, c'est qu'on n'a pas suivi exactement notre tracé. Sur un sol aussi accidenté que celui que nous traversons, une cinquantaine de mètres à droite ou à gauche de la ligne, dans la projection horizontale, suffit pour établir une différence notable dans la projection verticale et changer entièrement l'économie du tracé. Nous pensons que notre étude est plus que suffisante pour un avant-projet.

Avant d'entrer en matière, nous devions nous défendre des attaques qu'on ne cesse de diriger contre notre projet; nous n'eussions cependant pas répondu, si on se fût maintenu dans des généralités, mais on signalait de prétendues erreurs, basées sur des chiffres et des calculs, nous ne pouvions garder le silence.

DES DIFFÉRENS PROJETS DE CHEMINS DE FER DE PARIS A LYON.

Projet de M. Courtois, tracé par la Marne et l'Aube.

Sans parler des différens tracés par la Loire, qui sont écartés, ou tout au moins ajournés, il y a encore six tracés par la Bourgogne: le tracé de M. Courtois, qui a son point de départ à la barrière des Vertus, traverse la Marne au-dessous de la ville de Meaux, remonte la vallée de l'Aubetin jusqu'à Bouchy-le-Repos, et franchit, près de Villenauxe, le faîte qui sépare l'Aubetin de la vallée de la Seine, pour se porter à Marcilly; de là, il remonte la vallée de l'Aube; il franchit le faîte d'entre Seine et Saône à Chalmessin, descend à Thil-Châtel et à Dijon. Nous nommons ce projet : *projet de M. Courtois, ou projet par la Marne et l'Aube.*

Le tracé par la Brie et la Haute-Seine, qui, à quelques modifications près, n'est que le démembrement des projets de M. Courtois et de M. Arnollet; le point de départ de ce tracé, à Paris, est le même que celui par l'Aube : il est situé à la barrière des Vertus, remonte la Marne, par Villemonble et Lagny, traverse la rivière au-dessous de Leches, en passant à 7 kilomètres au-dessous de Meaux, remonte le vallon d'Eby, ensuite la vallée du Grand-Morin jusqu'à 5 kilomètres au-dessous de Coulommiers, qu'il suit jusqu'à Maupertuis, pour se porter en inclinant à droite sur Provins, Nogent, Pont-sur-Seine, Romilly et Troyes; de cette ville le tracé se dirige sur Bar-sur-Seine et Châtillon, en remontant la Seine et l'Ignon; d'Is-sur-Tille il se dirige directement sur Dijon, en laissant au nord le point de Thil-Châtel, où, primitivement, ce tracé se confondait avec celui de l'Aube. Nous le nommerons : *projet de M. Delamarre*, ou *projet par la Marne et la Haute-Seine.*

Projet de la Compagnie Delamarre, par la Marne et la Haute-Seine.

Le tracé de M. Arnollet aurait son point de départ à la gare du chemin d'Orléans; il emprunterait le chemin de Corbeil, pour, de cette ville, remonter la Seine dans tout son parcours, par Melun, Montereau, Nogent-sur-Seine, Romilly et Troyes; il emprunterait à Romilly le tracé précédent jusqu'à Dijon. Nous nommerons ce projet : *projet Arnoullet*, ou *projet par la Seine dans tout son parcours.*

Projet de M. Arnollet ou projet par la Seine dans tout son parcours.

Le tracé par la vallée de l'Yonne, ce tracé jusqu'à Montereau, serait le même que le tracé précédent; de Montereau, il se dirige, par la vallée de l'Yonne, Sens et Joigny, sur La Roche; il remonte la vallée de l'Armançon dans la direction du canal de Bourgogne, passe près de Saint-Florentin, à Tonnerre, à Semur; franchit à Pouilly le faîte de partage, et vient aboutir à Dijon par la vallée de l'Ouche. Nous nommons ce projet : *projet du Comité* ou *projet par l'Armançon.*

Projet du Comité par l'Armançon.

On propose une modification importante à ce tracé et qui en formerait un nouveau. Ce tracé serait identiquement le même que le précédent jusqu'à l'extrémité du département de l'Yonne; à partir de ce point, au lieu de rester dans la vallée de l'Armançon, il suit le canal jusqu'au-delà de Montbard, pour continuer de remonter le vallon de la Brenne, en passant par Vitteaux; il franchit le faîte entre Seine et Saône, près du réservoir de Gros-Bois; arrivé à Pont-d'Ouche, d'une part, il se dirige sur Dijon, en se confondant avec le tracé par l'Armançon; d'une autre part, immédiatement il se dirige sur Beaune, en traversant le Mont-Affric; de Beaune, il se confondrait de nouveau avec les autres directions. Nous nommerons ce projet : *projet du Comité, par la Brenne et Beaune.*

Projet du Comité par la Brenne et Beaune.

Enfin, notre tracé par le Serein, qui aurait son point de départ à la gare d'Orléans et s'embrancherait à Corbeil sur le chemin d'Orléans; de ce point il quitte la vallée

Projet par le Serein.

de la Seine pour s'élever derrière Saint-Fargeau ; il se dirige directement sur Fontainebleau en passant auprès de Melun et en treversant la forêt, il franchit l'Oing à Saint-Mammers; il regagne la vallée de la Seine pour la quitter à Montereau et remonter l'Yonne, par Sens et Joigny, jusqu'auprès de La Roche, un peu au-dessous de l'embouchure du Serein ; il remonte cette rivière, en passant à Chablis, Noyers, Precy ; il descend dans le bassin de l'Arroux, touche à plusieurs concessions houillières, passe à Épinac, Nolay ; un peu avant Chagny, il arrive sur le canal du centre pour le suivre à peu près parallèlement jusqu'à Chalon. Nous nommons notre projet : *projet du Serein.*

MOTIFS QUI ONT DÉTERMINÉ LE CHOIX DES DIRECTIONS.

Le problème que M. Courtois a voulu résoudre, c'est de réunir Paris à Lyon et Strasbourg par des lignes dont la somme des longueurs soit la moindre possible, en apportant également le plus d'économie possible, aussi bien dans les frais de construction que dans ceux d'exploitation.

M. Arnollet a été déterminé, dans le choix de sa ligne, par l'importance des localités intermédiaires à desservier, particulièrement de Troyes, Châtillon et Dijon.

Le projet par la Marne et la Seine, qui n'est, à quelques modifications près, que le démembrement des projets de MM. Courtois et Arnollet, a été préféré par la compagnie Delamarre, parce que, quoiqu'étant plus court que ces deux derniers projets et que celui par l'Armançon, pour aller à Dijon, il dessert des localités plus importantes sans rencontrer la concurrence d'un canal, et que, sans alonger sensiblement le parcours de Paris à Strasbourg, il aurait une partie commune avec cette ligne de 164 kilomètres; comme spéculation, ce projet présente certains avantages.

Le projet par l'Armançon a été conçu dans le but de concilier des intérêts divergens qui étaient en présence ; il est le plus long de tous, et ne présente d'autres avantages que de traverser le faîte d'entre Seine et Saône par une profonde tranchée à *ciel ouvert ;* ce léger avantage est largement compensé par les nombreuses difficultés qui se rencontrent dans les autres parties du tracé.

Quant à la modification qu'on propose pour diriger le projet par Beaune, en traversant le Mont-Affric, et qui serait inévitable, si le chemin se construisait par l'Armançon, elle aurait pour but de diminuer sensiblement la longueur du trajet de Paris à Chalon-sur-Saône, cette modification, disons-nous, qui constitue tout un nouveau projet, fait entièrement disparaître ce qu'on peut présenter comme un avantage en faveur de la ligne de l'Armançon ; la ligne principale ne passant pas par Dijon, il ne reste plus qu'un tracé qui, dans toute l'étendue de son parcours, présente infiniment plus de difficultés pour l'exécution que celui du Serein, qui, pour arriver dans le bassin de la Saône, aurait un souterrain double de celui que nous avons à Saisy et une pente de 10 millimètres par mètre, au lieu de celle de 8 par laquelle nous descendons au canal du Centre ; de La Roche jusqu'auprès de Chagny, au lieu de traverser un pays riche en productions variées, et où se trouve un bassin houiller, qui n'est desservi par aucune voie économique, où d'importans produits lui sont assurés sans partage, rencontre constamment un canal, qui, nécessairement, lui disputera une partie des transports, et, pour arriver à un semblable résultat, on aurait un tracé de 25 kilomètres, 42 de plus d'étendue que le nôtre. Un pareil projet ne serait justifié qu'en considérant *Tonnerre* et *Ancy-le-Franc* comme des points obligés du passage de la ligne de l'Océan à la Méditerranée.

Après avoir examiné quelles sont les relations générales entre Paris et Lyon; dans les différentes directions qui peuvent être suivies, quelle est l'importance des points intermédiaires, quelle influence la nouvelle voie pourrait exercer sur leur prospérité, et, par réciprocité, quelle serait la somme des avantages que les différentes localités pourraient offrir à l'entreprise, sous le rapport des produits. Nous sommes restés convaincus que la ligne la plus courte, la plus directe, était celle qui devait être préférée. Tous ceux qui se sont occupés de la question des chemins de fer ont reconnu que la brièveté du parcours était une des premières conditions du choix à faire dans la direction à donner à une ligne de premier ordre.

C'est d'après ces principes, et forts de nos convictions, que nous avons dirigé nos études; aussi, nous sommes parvenus à obtenir une grande différence de longueur, non-seulement dans le développement général du tracé par la direction que nous avons adoptée, mais encore pour les parties qui seraient communes aux autres projets. De Corbeil à La Roche, par exemple, nous avons réduit le développement de notre tracé à 121 kilomètres 423, tandis que celui du Comité a une étendue de 136 kilomàtres 572 (1); il est vrai que nous sommes parvenus à améliorer notre tracé primitif en quittant la vallée de la Seine à partir de Corbeil, pour gagner la forêt de Fontainebleau. Cette variante abrégeait le parcours de Corbeil à Montereau de 6 kilomètres 480; en faisant abstraction de cette dernière amélioration, tout en desservant les mêmes localités, notre premier tracé aurait encore 5 kilomètres 669 de moins que celui du Comité.

CLASSEMENT ET LONGUEUR DES LIGNES.

D'après l'exposé que nous venons de faire, pour faciliter la suite de la discussion et les comparaisons que nous établissons, nous avons classé les différens projets en suivant l'ordre de leur importance, sous le rapport de l'intérêt général, importance qui se trouve précisément en raison directe de la brièveté du parcours entre les points extrêmes; néanmoins, quoique venant immédiatement après le nôtre pour la longueur, nous avons placé le projet par la Brenne et Beaune à la suite, et seulement comme une variante de celui de l'Armançon.

En suivant cette classification, d'après les différens projets, la ligne du chemin de fer de Paris à Lyon aurait un développement, savoir :

1° Projet BRUCHET, par le Serein, } de 469 kil. 91 qui présenterait avec

(1) Notice sur le chemin de fer de Paris à Lyon par la Bourgogne, publiée par le Comité central, juillet 1841, page 6.

2° Pr. DELAMARRE, par la Marne et la Haute-Seine,	qui aurait 518 k. 89,	une différence de long. de	48 k. 98
3° Projet COURTOIS, par la Marne et l'Aube,	id. 530 k. 93	id.	61 k. 02
4° Projet ARNOLLET, par la Seine dans tout son parcours,	id. 537 k. 90	id.	67 k. 99
5° Projet du COMITÉ, par l'Armançon,	id. 545 k. 49	id.	75 k. 58
6° Projet du COMITÉ, par la Brenne et Beaune,	id. 495 k. 33	id.	25 k. 42

Considérant les deux tracés de Paris à Strasbourg et de Paris à Lyon, comme entièrement distincts, les points où ils doivent aboutir étant tout-à-fait opposés, ils doivent être dirigés de manière à arriver par la ligne la plus courte possible au but qu'il s'agit d'atteindre. Dans leurs directions respectives, ils desserviront des intérêts différens et satisferont à des besoins beaucoup plus nombreux.

Paris à Strasbourg. Nous posons en principe que le chemin de fer de Paris à Strasbourg, ainsi que celui de Paris à Lyon, doivent être établis dans la direction la plus courte. L'étude du tracé de cette ligne ne nous appartient pas; la longueur est indiquée dans le compte-rendu de l'administration des Ponts-et-Chaussées de la situation des travaux publics aux 31 décembre 1835 et 1840; nous la comprenons dans l'ensemble de notre système que nous nommerons direct, et que nous opposons au système mixte ou des lignes communes.

Le chemin de Paris à Strasbourg aurait un développement, savoir :

1° Projet BRUCHET, par le Serein,	de 460 kilomètres, présenterait avec		
2° Pr. DELAMARRE, par la Marne et la haute Seine,	ayant 503 k. 08,	une différence de longueur de	43 k. 08
3° Projet COURTOIS, par la Marne et l'Aube,	id. 496 k. 00	id.	36 k. 00
Projet ARNOLLET, par la Seine, dans tout son parcours,	id. 522 k. 08	id.	62 k. 08
5° Projet du COMITÉ, par l'Armançon, 6° Projet du COMITÉ, par la Brenne et Beaune,	adoptant le système des lignes directes de Paris à Lyon et de Paris à Strasbourg, présentent la même différence que le projet par le Serein.		

Nous n'avons jamais pu comprendre comment, arrivé dans la vallée du Doubs, au-dessus de Dôle, on n'a pas continué de suivre une direction où un chemin de fer peut s'établir dans les meilleures conditions de pentes et de courbes; au-dessous de Dôle, la vallée devient large et ne présente plus aucun obstacle jusqu'à l'embouchure de la rivière à Verdun. Comment! loin de profiter de ces avantages, on est allé traverser trois vallées et trois faites pour se rendre à Dijon, en s'élevant d'une hauteur de plus de 57 mètres qui forme la différence de niveau entre la Saône et cette ville, et, de là jusqu'à Chalon, on franchit encore cinq petits faîtes qui sont formés par les contre-forts qui partent, en s'abaissant, de la chaîne de montagnes de la Côte-d'Or, et qui séparent les petites vallées où coulent les cours d'eau qui se jettent à la Saône; ils ont ensemble une différence de niveau de 117 mètres 78, dont 29 mètres 39 pour les rampes, et 87 mètres 39 pour les pentes, en allongeant le parcours de plus de 48 kilomètres.

La ligne de la Méditerranée au Rhin ne doit pas passer par Dijon; elle doit se maintenir dans la vallée de la Saône ou de ses affluens; à partir de Chalon le chemin doit aller le plus directement possible sur Mulhouse. Nous croyons que la direction par Besançon est celle qui doit être préférée; c'est celle que nous prenons. Nous n'avons pas fait une étude complète de la ligne que nous indiquons, mais il n'est pas douteux qu'un travail achevé diminuerait plutôt qu'il n'augmenterait la longueur du parcours. Nous avons compté la distance de Dijon à Besançon, d'après l'étude de M. Parandier, adoptée par le Comité.

Le chemin de Strasbourg à Lyon aurait un développement, savoir :

1° Projet BRUCHET, par le Serein,	de 466 k. 12, qui présenterait avec	
2° Pr. DELAMARRE, par la Marne et la Seine, 4° Projet ARNOLLET, par la Seine dans tout son parcours, 5° et 6° Projets du COMITÉ, par l'Armançon et la Brenne,	se confondant ensemble à Dijon, ayant une dif. de longueur de	514 k. 80 48 k. 68
3° Projet COURTOIS, par la Marne et l'Aube,	de 515 k. 65, une dif. de longueur de	49 k. 53

Voyez les cartes et plans sommaires et les tableaux B. C. D. E.

PROJECTION HORIZONTALE DES DIFFÉRENTES LIGNES.

On vient de voir que notre tracé, pour la longueur, a une supériorité marquée sur tous ceux qu'on peut lui opposer ; mais on peut répondre qu'il ne s'agit pas seulement de la longueur absolue; qu'il y a plusieurs considérations qui pourraient faire préférer une ligne plus longue à une plus courte, indépendamment de l'intérêt politique, commercial et stratégique qui peuvent se rattacher à une direction plutôt qu'à une autre. Il faut donc bien connaître et étudier la nature des tracés, les rampes et les pentes, l'amplitude des courbes, pour apprécier la différence des frais de traction de différens projets. Sur un chemin de fer, les courbes d'un trop petit rayon, en augmentant le frottement, conséquemment la résistance, ralentissent la vitesse, grossissent la dépense, rendent la voie moins sûre, et peuvent compromettre la sûreté des voyageurs en facilitant le déraillement des convois.

Nous eussions désiré avoir la projection horizontale des différens tracés, afin de mettre en regard le détail des difficultés et des avantages des uns et des autres ; nous ne pouvons donner exactement que le résultat de notre propre travail.

Dans toute sa longueur, de Corbeil à Chalon-sur-Saône, notre tracé, par le Serein, est composé de 226 alignemens, dont 106 alignemens droits et 120 alignemens courbes ; parmi les alignemens droits, il y en a :

Tracé par le Serein.

46	d'une longueur	de 1,000 mètres et au-dessous,	ensemble	27,475	206 k. 335
25	id.	de 1,000 à 2,000	id.	38,045	
13	id.	de 2,000 à 3,000	id.	30,550	
8	id.	de 3,000 à 4,000	id.	27,150	
8	id.	de 4,000 à 6,000	id.	39,840	
5	id.	de 6,000 à 8,000	id.	34,255	
1	id.	de		9,040	
106					

Parmi les alignemens courbes, il y en a :

1	d'un rayon	de 850 mètres	et d'un développement	1,570	109 k. 076
2	id.	de 900 id.	id.	3,760	
56	id.	de 1,000 id.	id.	44,175	
21	id.	de 1,200 à 1,600	id.	23,166	
13	id.	de 2,000 à 2,950	id.	13,450	
16	id.	de 3,000 à 3,500	id.	16,455	
11	id.	de 4,000 mètres	id.	6,720	
120					315 k. 411.

Nous n'avons pour nous guider dans l'appréciation de la projection horizontale des différens tracés, que pour ce qui est indiqué dans le rapport de la commission d'enquête de l'Aube, dans les mémoires de MM. Arnollet, Courtois, Des Essarts, et du Comité de l'Aube.

Tracé de l'Aube.

Nous lisons dans le mémoire de M. Courtois, page 22, que dans la ligne de l'Aube les plus petits rayons auraient au moins 500 mètres, tandis que sur les lignes de la Seine et de l'Yonne, il sera, sinon impossible, du moins très difficile de ne pas avoir des courbes d'un rayon de 300 mètres.

Tracé de l'Armançon.

Le Comité de l'Aube, dans son mémoire, page 32, dit que le tracé de l'Yonne (Armançon, soit qu'il passe par Montbard ou par Semur, aurait un certain nombre de courbes, d'une longueur de rayon de 500 mètres ; et page 13 : « Sous le rapport des courbes, le tracé par la vallée de la haute Seine est le plus avantageusement doté, puisque les rayons des courbes ne sont pas généralement au-dessous de 1,000 mètres, et que deux seulement descendent à 700 mètres. » Cette considération a une importance majeure (1).

Tracé de la Haute-Seine.

Dans le mémoire que nous citons, on n'a pas discuté sur le mérite comparatif de notre tracé ; on a trouvé plus simple de le considérer comme étant écarté. Si on l'eût comparé, sous le rapport de la longueur aussi bien que pour l'amplitude des courbes, l'avantage demeurerait tout en sa faveur. Nous voyons, en effet, que dans le tracé par l'Aube, il y a plusieurs courbes d'un rayon de 500 mètres ; dans le tracé de l'Armançon, qu'il y en a un certain nombre aussi de 500, et au dire de M. Courtois, il serait à peu près impossible d'établir le chemin avec des courbes d'un rayon moindre de 300 mètres ; le tracé par la haute Seine aurait deux courbes d'un rayon de 700 mètres, tandis que par le tracé du Serein, nous n'avons qu'une courbe d'un rayon de 850 mètres et deux de 900 mètres. Sa supériorité est donc incontestable.

PROJECTIONS VERTICALES OU PROFILS DES DIFFÉRENTES LIGNES.

La comparaison des tracés de chemins de fer ne peut se borner seulement à leur développement absolu, au nombre des courbes et à la longueur de leurs rayons ; il serait impossible de négliger la considération des hauteurs à franchir dans toutes les directions, si leurs différences devaient avoir quelque importance ; mais les six tracés qui sont en présence traversent tous des localités et un sol où se rencontrent des difficultés à peu près équivalentes.

Nous avons établi le tableau des hauteurs à franchir suivant les profils qui ont été publiés et qui se trouvent joints au mémoire de M. Des Essarts ; nous avons aussi, dans un cadre plus rétréci, sur une échelle moindre, mis ces divers projets à côté du nôtre. (*Voy. les tableaux* G et H.)

Nous voyons que le tracé n. 1, par le Serein, se trouve dans des circonstances plus favorables que celui n. 2 par la Marne et la Seine, et celui n. 5 par l'Armançon ; que le tracé n. 4 est celui dont la somme des hauteurs est moindre que dans tous les autres ; et que le tracé n. 2 par la Marne et la Seine se présente avec le plus de désavantages, et offre, avec tous les autres, la plus grande différence de hauteurs. Notre projet reste dans les meilleures conditions, si on le compare seulement aux deux tracés qui seuls lui sont opposés. Si nous convertissions ces différences de hauteurs en parties horizontales, ce serait augmenter le développement des tracés de l'Armançon et de la Seine, et le raccourcissement de celui par le Serein serait encore bien plus sensible. Mais ces considérations sont d'une importance trop secondaire ; nous ne croyons pas devoir nous en prévaloir pour déterminer une préférence qu'à tant d'autres égards notre projet mérite sans contestation.

Dans notre tracé nous n'avons jamais perdu de vue les conditions de pentes qui se lient nécessairement avec la question des frais de traction et de vitesse ; nous avons évité soigneusement les contre-pentes et la traversée des faîtes et des vallées, mais nous n'avons pu le

(1) Dans son rapport du 20 décembre 1842, la commission d'enquête de l'Aube indique deux courbes dont les rayons ne sont que de 650 mètres (page 18).

faire que dans certaines limites et autant que la configuration du sol a pu le permettre. Nous sommes, néanmoins, parvenus à pouvoir présenter un profil qui, sous le rapport de la déclivité des pentes, peut, avec grand avantage, souffrir la comparaison avec tous les autres; si ce n'était la pente de 8 millimètres par mètre que nous avons au sortir du souterrain de Saisy, sa supériorité serait incontestable.

Dans la construction des chemins de fer, nous pouvons prendre l'Angleterre pour modèle, nous y voyons, cependant, sur treize des principaux chemins destinés à être parcourus par des locomotives à grande vitesse, des pentes de 8 à 12 millimètres, qui, dans l'exploitation, ne présentent aucune espèce d'inconvénient pour la sécurité des voyageurs (1); mais, sans aller prendre nos exemples de l'autre côté de la Manche, nous voyons sur le chemin d'Orléans, qui vient d'être livré à la circulation, une pente de 8 millimètres, que la compagnie n'a pu obtenir qu'avec peine de l'administration des Ponts-et-Chaussées, et qui, cependant, ne présente aucune espèce de difficulté à la circulation. Non seulement des pentes de 8 et 10 millimètres ne compromettent en rien la sécurité des convois, mais sont encore sans influence marquée sur la quantité des frais de transport. Sans aucun doute, sous le rapport de la déclivité des pentes, notre tracé peut encore être comparé avantageusement avec tous ceux qu'on lui oppose.

SOUTERRAINS.

Voici les souterrains des différens tracés d'après les profils publiés :

1. PROJET BRUCHET. Par le Serein.		2. PROJET DELAMARRE (2). Par la Marne et la Haute-Seine.		3. PROJET COURTOIS. Par la Marne et l'Aube.	
1. Forêt de Fontainebleau.	600	1. Chalifert.	233	1. Chalifert.	233
2. Sainte-Vertus.	550	2. Crécy.	850	2. Crécy.	850
3. Noyers.	72	3. Guevard.	176	3. Guevard.	176
4. Grimault.	620	4. Bouchy-le-Repos.	2880	4. Bouchy-le-Repos.	2880
5. Vieux-Château.	270	5. Châtillon.	610	5. Chalmesin.	1585
6. Villars.	80	6. Ampilly.	180		
7. Maupas.	970	7. Aisy-le-Duc.	160		
8. Dracy-Saint-Loup.	360	8. Saint-Marc.	137		
9. Saisy.	3060	9. Bouotte.	475		
		10. Aignay.	260		
		11. Etalante.	115		
		12. Echallot.	3000		
	6582		9076		5724

(1) Des chemins de fer d'Angleterre, par M. Bineau, page 136.

(2) D'après les modifications et les améliorations qui ont été apportées à ce tracé, la longueur de l'étendue de ses souterrains serait réduite à 6,736 mètres, pages 7 à 17 du rapport de la Commission d'enquête de l'Aube. Nous pensons qu'il y a erreur : les modifications sont dans la partie supérieure, et les souterrains de Châtillon, Ampilly, Aisy-le-Duc et Saint-Marc, ne doivent pas être supprimés ; la différence ne devrait être que de 1,300 mètres.

4. PROJET ARNOLLET. Par la Seine dans son parcours.		5. PROJET DU COMITÉ (1). Par l'Armançon.		6. PROJET DU COMITÉ. Par la Brenne et Beaune.	
1. Saint-Fargeau.	2712	1. Saint-Fargeau.	2712	1. Saint-Fargeau.	2712
2. Châtillon.	610	2. Lézinne.	820	2. Lézinne.	820
3. Ampilly.	180			3. Civry.	2590
4. Aisy-le-Duc	160			4. Crépy.	6500
5. Saint-Marc.	137				
6. Bouotte	475				
7. Aignay.	260				
8. Etalante.	115				
9. Echallot.	3000				
	7649		3532		12622

Nous voyons que la somme des longueurs des souterrains par le tracé du Serein est moindre que celle des tracés par la Marne et la Seine, et par la Brenne et Beaune ; elle est un peu plus forte que celle des tracés par la Marne et l'Aube, par la Seine dans tout son parcours et par l'Armançon.

Il faudrait posséder le détail exact de tous les travaux des tracés afin de pouvoir apprécier la différence des frais de construction, mais n'ayant aucune pièce qui puisse nous donner des renseignemens précis, nous n'avons pu établir une comparaison rigoureuse entre les travaux d'art des divers tracés; il en est de même pour les remblais et les déblais. Cependant suivant les documens que nous avons pu consulter, nous pensons que notre tracé entraînerait, pour les travaux d'art et les terrassemens, moins de frais par kilomètre, que le tracé n° 2, par la Marne et la Seine, que le tracé n° 4, par la Seine dans tout son parcours, et, peut-être, que le tracé n° 3, par la Marne et l'Aube; quant aux tracés par l'Armançon et la Brenne, nous avons fait une étude suffisante des localités pour être certains qu'ils coûteraient au moins 25 à 30 p. 0|0 de plus que le tracé par le Serein. Travaux d'art et terrassemens.

L'avantage pour les travaux d'art et les terrassemens resteraient encore en faveur de notre tracé.

FRAIS ANNUELS DES DIFFÉRENTES LIGNES (*Voyez les Tableaux B et C*).

Les lignes qui ont des parties communes peuvent bien présenter certaine économie dans les frais de construction, mais c'est vainement qu'on voudrait prétendre que dans l'exploitation elles peuvent offrir quelqu'avantage; sans doute rigoureusement on devrait diminuer le prix du péage en raison de la multiplicité des transports, mais cette proposition ne saurait être faite en ce moment, la disposition de l'opinion publique n'est pas encore assez favorable à l'association : l'inconnu joue un trop grand rôle dans l'évaluation du produit des nouvelles entreprises pour espérer une réduction sur les tarifs en vue d'une direction plutôt que d'une autre. Dans le système direct ou dans le système des lignes communes, quel que soit le projet préféré, les tarifs devant être les mêmes, les dépenses Frais de transport.

(1) La Commission a considéré la tranchée de Pouilly comme un souterrain, et a porté la somme des longueurs des souterrains à 6,538 mètres, page 11 du rapport.

annuelles seront toujours, pour le public, en raison du développement du chemin et de l'importance des transports.

Comme nous avons l'étendue des tracés, en établissant la quotité de la masse des transports, que nous supposerons la même dans les différentes directions pour faciliter la comparaison, nous aurons la différence des frais annuels de chaque projet. Sans entrer dans le détail des élémens qui peuvent servir à établir, même approximativement, l'importance du trafic qui doit s'établir sur l'ensemble du système des projets proposés, pour peu que l'on ait quelque connaissance de nos communications actuelles, on verra que loin d'avoir exagéré ce que l'on peut raisonnablement attendre des grandes lignes que nous proposons, nous sommes restés au dessous de la quantité des transports qu'ils sont appelés à effectuer.

Ligne de Paris à Lyon.

Pour la ligne de Paris à Lyon, ou de Paris à Chalon, nous avons établi nos calculs d'après les documens statistiques que nous nous sommes procurés, les renseignemens que nous avons recueillis dans les localités, et le travail de MM. les auditeurs au conseil d'état, chargés par M. le ministre des travaux publics d'établir l'importance agricole, manufacturière et commerciale des différentes directions des grandes lignes de chemins de fer. Nous avons supposé un mouvement général sur toute l'étendue de la ligne, seulement de 400,000 voyageurs et de 155,000 tonnes de marchandises par an. Dans ces quantités, quoique les relations de Dijon avec Paris ne soient pas d'un vingtième, nous les avons néanmoins portées à ce chiffre; ainsi nous aurons :

De Paris à Chalon.

380,000 voyageurs à 8 centimes par kilomètre	30,400 fr.	54,000 fr.
147,500 tonnes marchandises à 16 cent. id	23,600	

La masse des transports entre Paris et Chalon occasionnerait au public une dépense annuelle de 54,000 fr. par kilomètre ; notre tracé ayant une étendue de :

48 kilom. 89 de moins, présente une économie annuelle,				
		sur le projet n. 2	(*Delamarre*) de	2,644,920. fr.
61,	02	*id.* . . . . n. 3	(*Courtois*)	3,295,080.
67,	99	*id.* . . . . n. 4	(*Arnollet*)	3,671,460.
75,	58	*id.* . . . . n. 5	(*Armançon*)	4,080,320.
25,	42	*id.* . . . . n. 6	(*Brenne et Beaune*)	1,372,680.

Ayant porté les transports de Paris à Strasbourg d'après la circulation moyenne indiquée par M. Courtois, comme suffisante pour indemniser des frais d'exploitation, desservir les intérêts et amortir le capital des frais d'établissement, nous aurons :

Paris à Strasbourg.

300,000 voyageurs à 8 centimes par kilomètre	24,000 fr.	35,000 fr.
55,000 tonnes marchandises 20 centimes id. (1)	11,000	

Le public payerait donc 35,000 fr. par kilomètre pour tous les transports sur la ligne de Paris à Strasbourg, et le système direct présentant une différence de longueur de :

(1) Nous avons conservé le chiffre de M. Courtois, 20 cent. par tonne par kilomètre pour la ligne de Strasbourg, quoique nous ne l'ayons porté qu'à 16 cent. pour les autres lignes.

43 kil. 08 de moins, donnerait une économie annuelle,

	sur le projet	n. 2 (*Delamarre*) de	1,507,800. fr.
36, *id*	*id.*	*n.* 3 (*Courtois*)	1,260,000.
62, 08	*id.*	*n.* 4 (*Arnollet*)	2,172,800.

La chambre de commerce de Besançon, d'après des recherches minutieuses, a reconnu que, sur la ligne du chemin de fer par la vallée du Doubs, le mouvement des voyageurs serait au moins de 870,000, celui des marchandises de 310,000 tonnes, dont 1/20 irait ou viendrait de Dijon, 4/20 seraient à la destination de Paris, et 15/20 à celle de Châlon. En prenant ces évaluations nous aurons :

Strasbourg à Châlon.

350,400 voyageurs à 8 centimes par kilomètre,	28,032 fr.	65,632 fr.
235,000 tonnes, marchandises à 16 cent. id.	37,600	

Le mouvement général du transport occasionnerait une dépense de 65,632 fr. par kilomètre, de Chalon à Strasbourg, et le système direct présentant une différence de longueur de :

48 kil. 68 de moins, donnerait une économie annuelle,

	sur le projet	n. 2 (*Delamarre*) (1) de	3,194,966. fr.
49, 53	*id.*	n. 3 (*Courtois*)	3,250,753.

Nous venons de voir que la plus grande partie des transports, qui doivent être faits par l'ensemble des différens projets, ont lieu entre Paris et Lyon, Paris et Strasbourg, et Lyon et Strasbourg; notre projet, qui dessert le plus convenablement possible ces trois lignes, présente un grand avantage sur les autres projets. Mais, comme de Dijon à Paris, de Dijon à Mulhouse, et de Paris à Mulhouse, notre système a sur tous les autres un plus grand développement de ligne, il convient de diminuer de la somme d'économie qu'il présente sur les trois directions principales, la différence de frais que la longueur du parcours occasionnerait dans ces trois dernières directions, et il restera encore une économie sur la totalité des frais annuels de transports (*Voyez les tableaux B et C*) :

Economie que présente le projet du Serein sur les frais de transports.

Sur le projet	n. 2 (*Delamarre, par la Marne et la Seine*)	6,231,598. fr.
	n. 3 (*Courtois, par la Marne et l'Aube*)	6,457,168.
	n. 4 (*Arnollet, par la Seine dans tout son parcours*)	8,419,466.
	n. 5 (*Comité, par l'Armançon*)	6,774,607.
	n. 6 (*Comité, Brenne et Beaune*)	3,983,591.

DE LA LONGUEUR DES CONSTRUCTIONS ET DE L'INTÉRÊT DES FRAIS D'ÉTABLISSEMENT.

(*Voyez Tableau D.*)

Un des principaux argumens des partisans des lignes communes, c'est l'économie qu'offre leur système dans les frais de construction. Il est facile d'établir à quoi se réduit cette prétendue économie. Pour desservir la ligne de Paris à Chalon-sur-Saône (2), de Paris à

(1) De Chalon-sur-Saône à Strasbourg pour les projets n. 4 (Arnollet), n. 5 et 6 (Comité), la direction étant la même que celle du projet n. 2, la différence des frais de transport serait aussi la même.

(2) Tous les tracés que nous mettons en comparaison aboutissent à Chalon, et comme provisoirement on s'arrêtera à cette ville, nous n'avons pas à nous occuper de la partie de la ligne de Chalon à Lyon, qui deviendrait commune à tous les tracés.

Strasbourg, de Chalon-sur-Saône à Besançon (1) et de Chagny à Dijon, il y aurait à construire d'après :

notre projet n. 1 (*par le Serein, système direct.*)	924,	k. 409.
le projet n. 2 (*Delamarre, par la Marne et la Seine, système mixte.*)	814,	155.
n. 3 (*Courtois, par la Marne et l'Aube id.*)	775,	202.
n. 4 (*Arnollet, par la Seine dans tout son parcours id.*)	802,	165.
n. 5 (*Comité, par l'Armançon, système direct.*)	928,	671.
n. 6 (*par la Brenne et la Beauce, id.*)	956,	671.

En portant à 300,000 fr. par kilomètre les frais de construction dans ces différentes directions, et comptant à raison de 4 pour cent l'intérêt des frais d'établissement, nous trouverons que notre projet coûterait annuellement 1,319,048 fr. de plus que le projet Delamarre, 1,790,484 fr. que le projet Courtois, 1,466,928 fr. que le projet Arnollet; mais comme les frais de transports sont beaucoup plus considérables d'après ces trois projets que d'après le nôtre, ces sommes sont seulement à diminuer de cet excédant de frais. Il présenterait une économie annuelle de 175,464 fr. sur le projet par l'Armançon, et de 387,144 fr. sur le projet par la Brenne. Il faudrait ajouter ces sommes à l'excédant de frais de transports qu'ils nécessiteraient de plus que notre projet (*Tableau D*).

FRAIS DE TRANSPORTS A PARIS POUR COMMUNIQUER AVEC LES CHEMINS DU NORD ET DU HAVRE.

Les partisans du système des lignes communes présentent comme un des principaux avantages de leur projet de se trouver facilement en communication avec les chemins du Hâvre, ceux de la Belgique et d'Angleterre, et de dispenser d'un chemin de ceinture qu'on serait forcé de faire si la gare d'arrivée du chemin de Lyon était commune à celle d'Orléans. On ne saurait, à Paris, laisser isolée la station des différentes lignes; toutes doivent se joindre et communiquer entre elles sans interception; il y a déjà plusieurs projets, cette question recevra nécessairement une prompte solution. Le point d'arrivée du chemin de Lyon, de ce point de vue, est une considération tout-à-fait secondaire et qui ne peut influer en rien sur la détermination à prendre; il ne s'agit plus que de l'excédant de frais qu'une station occasionnerait de plus que l'autre.

Suivant les calculs qui ont été faits, on porte la totalité des transports de la route de Lyon comme devant être nécessairement à destination des chemins du Nord et du Hâvre; une pareille supposition n'est pas admissible. La généralité des voyageurs et des marchandises, circulant sur le chemin de Lyon à Paris, loin d'arriver en transit, auront, au contraire en grande partie, cette dernière ville pour destination. Nous croyons avoir fait une large part aux calculs de nos adversaires, en évaluant au sixième le nombre des voyageurs et au tiers la quantité de marchandises devant être dirigées directement sur le Hâvre et sur le Nord; c'est seulement sur ces quantités que doit être calculé l'excédant de frais qui serait

(1) Quoique la direction du chemin de Chalon à Mulhouse ne soit pas arrêtée, nous l'avons supposée devoir passer par Besançon; de Besançon à Mulhouse la ligne étant la même pour tous les projets, nous n'avons pas à nous en occuper.

occasionné par l'arrivée du chemin de Lyon à la gare d'Orléans. Mais la gare d'arrivée du chemin de Lyon à la barrière des Vertus occasionnerait aussi un surcroît de dépenses aux transports de Lyon à destination du centre et de l'ouest de la France. Nous porterons pour ce transport seulement un dixième des voyageurs et un huitième des marchandises, que l'arrivée à la gare d'Orléans du chemin de Lyon dispenserait du parcours de 12 kil. 70 qui la sépare de celle de la barrière des Vertus.

Des frais de circulation des transports à destination des lignes du Nord, déduisant ceux des transports à destination des lignes du centre, resterait comme supplément de frais annuels 87,080 fr. que le point d'arrivée du chemin de Lyon à la gare d'Orléans occasionnerait à la circulation des voyageurs et des marchandises dans Paris.

Après avoir établi la différence des frais annuels de transport, de l'intérêt des frais d'établissement, des frais de transports dans Paris pour communiquer avec les chemins du Hâvre et du Nord, nous avons, dans un seul tableau, résumé les avantages respectifs et comparatifs des six projets entre eux (*voyez tableau F*). Il résulte de ce travail que le projet n. 1 par le Serein présente sur :

Le projet n. 2 (*Delamarre, par la Marne et la Seine*), *une économie annuelle de*		4,825,470 fr.
n. 3 (*Courtois, par la Marne et l'Aube*),	*id.*	4,579,608
n. 4 (*Arnollet, par la Seine dans tout son parcours*),	*id.*	6,952,538
n. 5 (*Comité, par l'Armançon*),	*id.*	6,950,071
n. 6 (*Comité, par la Brenne et Beaune*),	*id.*	4,370,735

Le projet par la Marne et la Haute-Seine offre une notable économie sur le projet par la Seine dans tout son parcours et celui de l'Armançon, mais il aurait un petit excédant de dépenses sur ceux de l'Aube et de la Brenne, cette différence ne serait pas assez sensible pour déterminer une préférence qui n'aurait pas d'autre cause.

Le projet par la Marne et l'Aube vient immédiatement après celui du Serein; il présente une économie notable sur tous les autres projets dans les frais annuels.

Si dans le projet par la Seine dans tout son parcours, qui se présente plus désavantageusement que tous les autres projets, on ne rendait pas la ligne commune de Paris à Troyes, et si on dirigeait une ligne directe sur Strasbourg, ainsi que dans les projets n. 1, 5 et 6, le projet par l'Armançon, au lieu de présenter un avantage, offrirait, au contraire, un excédant de dépenses.

En rectifiant le projet par la Seine dans tout son parcours, ainsi que nous venons de l'indiquer, le projet par l'Armançon est celui où les frais annuels seraient les plus considérables.

POPULATION, COMMERCE, INTÉRÊTS STRATÉGIQUES, ETC.

Un tracé de chemin de fer pourrait être dirigé dans les meilleures conditions de pentes et de courbes, et satisfaire à toutes les exigences de la science de l'ingénieur, que ces motifs ne seraient pas suffisans pour déterminer son adoption s'il pouvait être établi dans une direction où les intérêts du commerce et de l'industrie seraient plus puissans; mais ce n'est pas le cas du chemin qui nous occupe. Le projet que nous proposons, tout en répondant autant que possible à l'exigence des questions d'art et à tous les besoins qu'une communication de cette importance est appelée à satisfaire, rencontre, dans les différentes localités qu'il traverse, une population plus forte et des produits plus importans que dans tous les autres projets.

On a beaucoup parlé des populations, on a si bien su égarer l'opinion publique sur ce point, que beaucoup de bons esprits, qui ne se sont pas donné la peine d'examiner la question, nous disent encore qu'il ne suffit pas de proposer le tracé le plus court, le plus direct, qu'il faut examiner si ceux qu'on lui oppose ne desservent pas des contrées plus peuplées, plus industrieuses. Notre réponse est bien simple, précisément la zône desservie par notre tracé est plus peuplée et donnera plus de produits que celle des autres projets. Mais lorsqu'il s'agit d'une ligne qui est appelée à satisfaire d'aussi grands intérêts que celle de Paris à Lyon, cette question devient tout-à-fait secondaire et ne peut influer sur la détermination qui doit être prise; la population fût-elle tout-à-fait inégalement répartie sur les six directions parcourues par les différens tracés, qu'il ne serait pas possible de s'écarter de la ligne la plus directe que réclament des intérêts mille fois plus importans qu'une ligne plus longue qui ne satisferait que des intérêts de localité, respectables sans doute, mais qui doivent disparaître devant l'intérêt général; aussi ne nous ferions-nous pas un titre des avantages que présente notre projet sous le rapport des populations traversées et des intérêts commerciaux des localités qu'il est appelé à satisfaire, si on ne voulait à toute force qu'il se présente moins favorablement que tout autre, et si on ne persistait à dire que nous passons par un *pays désert*.

Population spécifique.

Les chemins de fer ne desservent pas seulement les villes et villages dont ils traversent le territoire, ils étendent leur influence à une assez grande distance, toujours en raison de l'éloignement et de la facilité des communications; nous avons considéré cette influence comme directe dans un rayon de 12 kilomètres de chaque côté des lignes de chemins de fer, ayant pris, avec le plus grand soin, dans une zône de 24 kilomètres, la population générale des différentes directions; nous avons trouvé que le tracé du Serein rencontre 1266 habitans par kilomètre de longueur, et 57,40 habitans par kilomètre carré; celui de l'Armançon 972 habitans par kilomètre de longueur, et 44,06 habitans par kilomètre carré; les tracés par la Seine dans tout son parcours et par la Marne et la Seine viennent ensuite; celui par l'Aube n'arrive qu'en dernier ordre, il rencontre seulement 670 habitans par kilomètre de longueur, et 32,08 habitans par kilomètre carré (*voyez tableau II*).

Population agglomérée.

La différence de la population agglomérée ou des chefs-lieux d'arrondissemens et de cantons, est encore plus sensible, tandis qu'elle est

de	93,946	habitans par le tracé du Serein.	
de	70,855	id.	de l'Armançon.
de	61,604	id.	de la Marne et la Seine.
de	58,946	id.	de la Seine dans tout son parcours.
Elle n'est plus que de	33,792	id.	de la Marne et l'Aube.

La distribution et l'augmentation des habitans sur tous les points du territoire, est un des meilleurs moyens d'apprécier l'importance des différentes directions proposées pour établir une ligne de chemins de fer. D'après le recensement de 1836, la population générale de la France était de 33,540,910 habitans; suivant celui de 1842, elle est de 34,194,875; l'augmentation a donc été pendant cet espace de temps de 653,965 habitans, ou d'un cinquante-deuxième environ.

En jetant un coup-d'œil sur le tableau que nous avons formé, nous voyons que l'accroissement de la population des zônes traversées par les différens projets se trouve précisément en raison directe de leur proximité de cette partie du *Morvan*, que l'on dit dédaigneusement qui est desservie par notre ligne. Si nous laissons à l'écart les départemens de la Seine et de Seine-et-Oise, qui seront également desservis, quelle que soit la direction adoptée, et que nous comparions seulement l'augmentation de la population pendant les six dernières années, des autres départemens traversés par les différentes directions, nous voyons que cette augmentation, dans Saône-et-Loire, a été d'$\frac{1}{31}$, dans l'Yonne d'$\frac{1}{47}$, dans la Côte-d'Or d'$\frac{1}{61}$, dans l'Aube d'$\frac{1}{59}$ et dans la Haute-Marne seulement d'$\frac{1}{161}$. Si nous voulons entrer dans le détail de cet accroissement de population, nous trouvons encore une différence bien plus sensible en faveur de la zône traversée par notre tracé, et particulièrement du bassin houiller de l'Arroux; pour l'arrondissement d'Autun, elle a été d'$\frac{1}{11}$, pour le canton d'Epinac d'un peu plus d'$\frac{1}{6}$, pour celui de Nolay, qui touche, d'$\frac{1}{7}$, et d'$\frac{1}{21}$ pour ceux de Précy, Saulieu et Liernais (Côte-d'Or), qui approchent le plus de cette localité, et que nous traversons; c'est donc l'extrémité du département de la Côte-d'Or, où passe notre tracé et qui touche au bassin houiller de l'Arroux, et au département de Saône-et-Loire, où la population spécifique ou par kilomètre carré est la plus considérable, et où l'augmentation a été le plus sensible; la diminution est constante et progressive en approchant de l'Aube et de la Haute-Marne.

Indépendamment de la question d'utilité générale à laquelle notre projet satisfait mieux que tout autre, l'importance des localités qu'il traverse, leur population, leur richesse minéralogique et le défaut de communications économiques justifierait complètement la préférence qu'on accorderait à la direction que nous indiquons, où la facilité des transports développerait nécessairement le mouvement industriel qui tend à s'accroître : ce ne serait pas seulement une source de richesses pour cette localité, mais pour la France entière.

Intérêts stratégiques.

Sans entrer dans les considérations génerales qui peuvent faire préférer une ligne plus centrale comme ligne stratégique, nous dirons seulement que notre tracé, plus éloigné de la frontière, masqué par une chaîne de montagne de plus, il serait bien mieux à l'abri des chances d'invasion, et plus facile à défendre que celui par le canal de Bourgogne; sous le rapport stratégique, il l'emporte encore sans contestation.

Intérêts acquis.

Le bienfait de l'établissement des chemins de fer est incontestable, mais on ne peut se dissimuler qu'il doit nécessairement apporter des modifications importantes dans les relations générales; n'est-il pas de la justice et de l'équité de froisser le moins possible les intérêts existans, et jusqu'à un certain point les droits acquis. Il ne faut pas croire que c'est par l'effet du hasard seul que s'est établi un grand courant commercial sur un des points du territoire, quand des villes telles que Lyon et Chalon sont devenues le centre d'où rayonnent les relations les plus actives : c'est en raison de leur position géographique qui est une cause première et déterminante. Ce n'est pas non plus par l'effet du hasard que le grand mouvement des marchandises et des voyageurs de Paris à Lyon, s'est établi par le département de l'Yonne et la route royale n. 6, c'est parce que cette direction présente des avantages incontestables aux entrepreneurs de transports. C'est précisément à côté et dans la direction de la route royale n. 6 que se trouve notre tracé qui, en remplaçant les moyens de transports actuels, présenterait une large compensation aux intérêts qu'il déplacera forcément. Les relations actuelles et celles que le chemin de fer est appelé à développer entre Paris et Lyon, sont trop importantes et d'un ordre trop élevé pour être détournées de leur courant naturel. On ne saurait adopter un autre projet que celui que nous proposons sans méconnaître les véritables intérêts du pays, et sans froisser ceux des localités qui plus particulièrement profitent des bénéfices de la circulation actuelle.

CONCLUSION.

Nous croyons dans cet exposé succinct avoir établi péremptoirement les avantages de notre projet, en substituant des calculs positifs à des données conjecturales, et en présentant des faits au lieu d'hypothèses. C'est vainement que quelques localités jalouses, que des intérêts rivaux auront cherché à dénaturer ou à obscurcir des faits et des vérités qui plaident si puissamment en faveur de notre projet, dont on ne saurait méconnaître la supériorité sur ceux qu'on lui oppose. Ses avantages principaux sont :

1° D'être plus court, plus direct et d'offrir sur tous les autres une notable économie dans les frais annuels;

2° De l'Yonne à Chagny, dans toute sa longueur, de traverser un pays privé de voies navigables, et de trouver une contrée riche en produits minéralogiques non exploités, faute de moyens économiques de transports, ce qui, seul, justifierait de la nécessité de l'établissement d'un chemin de fer;

3° De traverser une zône plus peuplée qu'en aucune autre direction proposée ;

4° De présenter, sous le rapport stratégique, la direction qui serait le plus à l'abri des attaques de l'ennemi et qui, en cas d'invasion, laisse la plus grande liberté d'action entre Paris et Lyon (1).

5° De satisfaire le plus convenablement possible à tous les besoins du commerce de Nuits, Beaune et de toute la Côte-d'Or;

6° Enfin, sans froisser les droits acquis, en satisfaisant complètement aux intérêts généraux du pays, de n'apporter aucune perturbation dans les grands intérêts commerciaux de Lyon et Chalon.

Nous sommes convaincus que les considérations que nous n'avons fait qu'indiquer, et bien d'autres qui seraient puisées dans la gravité des intérêts que cette importante communication est appelée à satisfaire, sont plus que suffisantes pour déterminer de votre part, après un examen sérieux de la question, l'adoption de notre projet, et que vous approuverez la proposition que nous allons faire au gouvernement pour l'exécution, qui, en ménageant les intérêts du trésor, rassurerait les capitaux timides que nous appelons à concourir à l'œuvre nationale du chemin de fer de Paris à Lyon.

(1) Nous n'entendons pas composer la direction par la Loire, qui, sous le rapport stratégique, serait encore dans des conditions plus favorables.

Imp. Mme De Lacombe, r. d'Enghien, 12.

WANT PROJET
IN DE FER DE PARIS A LYON
LIGNE DU NERBEY
Parties Nord et du Centre
Par Hyacinthe Brocher
PROFIL EN LONG DE LA PARTIE NORD
PROFIL EN LONG DE LA PARTIE DU CENTRE
Département de Saone et Loire
LEGENDE
PROFIL EN LONG DE L'EMBRANCHEMENT D'AUXERRE
PROFIL EN LONG DE L'EMBRANCHEMENT DE DIJON
Département de la Côte d'Or

(TABLEAU B.)

Tableau des Frais de Transport

Des différens Projets de Chemins de Fer de Paris à Lyon, de Paris à Strasbourg et de Lyon à Strasbourg, soit d'après le système direct, soit d'après le système des parties communes, pour servir de terme de comparaison entre les différens tracés de Paris à Chalon-sur-Saône.

POINTS EXTRÊMES des PARCOURS.	TOTAL DES FRAIS de transport par kilomètre.	1. PROJET BRUCHET, tracé par la Seine et le Serein.		2. PROJET DELAMARRE, tracé par la Marne et la Haute-Seine.		3. PROJET COURTOIS, tracé par la Marne et l'Aube.		4. PROJET ARNOLLET, tracé entièrement par la Seine.		5. PROJET DU COMITÉ, tracé par la Seine et l'Armançon.		6. PROJET DU COMITÉ, tracé par la Brenne et Beaune.	
		Longueur des parcours.	Total des frais de transpt.	Longueur des parcours.	Total des frais de transpt.	Longueur des parcours.	Total des frais de transpt.	Longueur des parcours.	Total des frais de transpt.	Longueur des parcours.	Total des frais de transpt.	Longueur des parcours.	Total des frais de transpt.
	fr.	kil.	fr.	kil.	fr.	kil.	fr.	kil.	fr.	kil.	fr.	kil.	fr.
De Paris à Lyon (1)	54.000	469,91	25,375,140	518,89	28,020,060	530,83	26,670,220	537,90	29,046,000	545,49	29,456,460	495,33	26,747,840
Id. à Strasbourg (2)	35,000	460,00	16,100,000	503,08	17,607,800	496,00	17,360,000	522,08	18,272,800	460,00	16,100,000	460,00	16,100,000
Id. à Dijon (3)	2,880	387,31	1,115,453	318,89	918,483	334,43	963,158	341,40	983,232	347,81	1,001,866	343,34	988,819
Id. à Mulhouse (4)	15,585	565,12	8,773,488	532,31	8,124,235	503,43	7,846,801	551,65	8,592,314	558,09	8,683,261	533,49	8,594,938
De Lyon à Strasbourg (5)	65,632	466,12	30,592,388	514,80	33,787,354	515,65	33,843,141	514,80	33,787,354	514,80	33,787,354	514,80	33,787,354
De Dijon à Mulhouse (6)	3,882	281,47	1,092,667	210,15	815,802	212,00	822,984	210,15	815,802	210,15	815,802	210,15	815,802
			83,049,136		89,220,734		89,506,304		91,468,904		89,821,743		87,038,727

(a) Nous n'avons supposé, entre Paris et Lyon, ou Paris et Chalon, qu'un mouvement de 400,000 voyageurs par an, et de 155,500 tonnes de marchandises, quoique, d'après les documens statistiques que nous nous sommes procurés, les renseignemens que nous avons recueillis, et le travail de MM. les Auditeurs au conseil-d'état, chargés par M. le Ministre des travaux publics d'établir l'importance des produits présumables des différentes directions des grandes lignes de chemin de fer, ces chiffres seront bien certainement dépassés. Dans la quantité ci-dessus, les relations de Dijon avec Paris ne sont pas d'1/10e; nous les avons néanmoins portées à ce chiffre.

(b) Nous avons porté les transports de Paris à Strasbourg, d'après la circulation moyenne indiquée par M. Courtois, dans son Mémoire qui faisait pièces des peines envoyées aux enquêtes.

(c) La Chambre de commerce de Besançon, d'après les documens qu'elle a recueillis, a reconnu que, sur la ligne du chemin de fer, par la vallée du Doubs, le mouvement des voyageurs serait au moins de 370,000 par an, et celui des marchandises de 310,000 tonnes, dont 1/20e irait ou viendrait de Dijon, 4/20es seraient à la destination de Paris, et 15/20es à celle de Chalon.

OBSERVATIONS.

(1)	380,000	voyageurs à 8 cent. par kilomètre =	30,400	54,000 fr.	(a).
	117,300	tonnes, marchandises à 10 c. id.	23,600		
(2)	300,000	voyageurs à 8 cent. par kilomètre	24,000	35,000	(b).
	55,000	tonnes, marchandises à 20 c. id.	11,000		
(3)	20,000	voyageurs à 8 cent. par kilomètre	1,600	2,880	(a).
	8,000	tonnes, marchandises à 16 c. id.	1,280		
(4)	70,070	voyageurs à 8 cent. par kilomètre	5,605	15,595	(c).
	62,000	tonnes, marchandises à 16 c. id.	9,920		
(5)	350,400	voyageurs à 8 cent. par kilomètre	28,032	65,632	(c).
	235,000	tonnes, marchandises à 16 c. id.	37,600		
(6)	17,520	voyageurs à 8 cent. par kilomètre	1,402	3,882	(c).
	15,500	tonnes, marchandises à 16 c. id.	2,480		

(TABLEAU C.)

Tableau de la différence des frais de Transport, d'après le Tableau B ci-dessus.

Comparaison du projet BRUCHET *avec les cinq autres projets.*

POINTS EXTRÊMES des PARCOURS.	2e PROJET DELAMARRE, PAR LA MARNE ET LA SEINE. Différence.				3e PROJET COURTOIS, PAR LA MARNE ET L'AUBE. Différence			
	PROJET BRUCHET.		PROJET DELAMARRE.		PROJET BRUCHET.		PROJET COURTOIS.	
	Longueur.	Frais de transports.	Longueur.	Frais de transports.	Longueur.	Frais de transports.	Longueur.	Frais de transports.
	kil.	fr.	kil.	fr.	kil.	fr.	kil.	fr.
De Paris à Lyon	»	»	48,98	2,644,920	»	»	64,04	3,293,080
Id. à Strasbourg	»	»	43,08	1,507,800	»	»	36,00	1,260,000
Id. à Dijon	61,92	186,810	»	»	52,88	152,205	»	»
Id. à Mulhouse	32,53	632,253	»	»	50,60	920,687	»	»
De Lyon à Strasbourg	»	»	48,68	3,194,966	»	»	49,53	3,250,753
De Dijon à Mulhouse	71,32	276,865	»	»	69,47	269,083	»	»
	Différence:	6,251,238			Différence:	6,457,168		
		7,317,686		7,317,686		7,805,833		7,805,833

POINTS EXTRÊMES des PARCOURS.	4e PROJET ARNOLLET, PAR LA SEINE DANS TOUT SON PARCOURS. Différence.				5e PROJET DU COMITÉ, PAR L'ARMANÇON. Différence.			
	PROJET BRUCHET.		PROJET ARNOLLET.		PROJET BRUCHET.		PROJET DU COMITÉ.	
	Longueur.	Frais de transports.	Longueur.	Frais de transports.	Longueur.	Frais de transports.	Longueur.	Frais de transports.
	kil.	fr.	kil.	fr.	kil.	fr.	kil.	fr.
De Paris à Lyon	»	»	67,99	3,671,460	»	»	75,58	4,080,720
Id. à Strasbourg	»	»	62,08	2,177,800	»	»	»	»
Id. à Dijon	45,91	132,221	»	»	39,44	115,587	»	»
Id. à Mulhouse	13,57	210,674	»	»	7,10	110,727	»	»
De Lyon à Strasbourg	»	»	48,68	3,194,966	»	»	48,68	3,194,966
De Dijon à Mulhouse	71,32	276,865	»	»	71,32	276,865	»	»
	Différence:	8,410,466			Différence:	6,774,007		
		9,039,226		9,039,226		7,275,286		7,275,486

POINTS EXTRÊMES des PARCOURS.	6e PROJET DU COMITÉ, PAR L'ARMANÇON ET LA BRENNE. Différence.			
	PROJET BRUCHET.		6. PROJET DU COMITÉ.	
	Longueur.	Frais de transports.	Longueur.	Frais de transports.
	kil.	fr.	kil.	fr.
De Paris à Lyon	»	»	25,42	1,372,680
Id. à Strasbourg	»	»	»	»
Id. à Dijon	43,07	126,634	»	»
Id. à Mulhouse	11,03	180,556	»	»
De Lyon à Strasbourg	»	»	48,68	3,194,966
De Dijon à Mulhouse	71,32	276,865	»	»
	Différence:	3,983,591		
		4,567,646		4,567,616

(Tableau D).

Tableau des Longueurs de construction et des Frais d'établissement

Des Lignes de Chemins de Fer de Paris à Lyon, Paris à Strasbourg et de Lyon à Strasbourg, d'après les différens projets, à raison de 300,000 fr. par kilomètre, prix moyen.

1er PROJET BRUCHET, PAR LE SEREIN.

Désignation des lignes à construire.	Longueur des lignes.	Frais d'établissement.
	kil.	fr.
Corbeil à Chalon	314,409	94,322,700
Chagny à Besançon	98,000	29,400,000
Chagny à Dijon	52,000	15,600,000
Paris à Strasbourg	460,000	138,000,000
	924,409	277,322,700

2e PROJET DELAMARRE, PAR LA MARNE ET LA HAUTE-SEINE.

Désignation des lignes à construire.	Longueur des lignes.	Frais d'établissement.
	kil.	fr.
Paris à Chalon	394,390	118,317,000
Troyes à Strasbourg	341,080	102,324,000
Dijon à Besançon	78,685	23,605,500
	814,155	244,246,500

3e PROJET COURTOIS, PAR LA MARNE ET L'AUBE.

Désignation des lignes à construire.	Longueur des lignes.	Frais d'établissement.
	kil.	fr.
Paris à Chalon	406,430	121,929,000
Brienne à Strasbourg	309,240	92,772,000
Thil-Châtel à Besançon	59,534	17,850,000
	775,202	234,500,500

4e PROJET ARNOLLET, PAR LA SEINE DANS TOUT SON PARCOURS.

Désignation des lignes à construire.	Longueur des lignes.	Frais d'établissement.
	kil.	fr.
Corbeil à Chalon	382,400	114,720,000
Troyes à Strasbourg	341,080	102,324,000
Dijon à Besançon	78,685	23,605,500
	802,165	240,649,500

5e PROJET DU COMITÉ, PAR L'ARMANÇON.

Désignation des lignes à construire.	Longueur des lignes.	Frais d'établissement.
	kil.	fr.
Corbeil à Chalon	389,986	116,995,800
Dijon à Besançon	78,685	23,605,500
Paris à Strasbourg	460,000	138,000,000
	928,671	278,601,300

6e PROJET DU COMITÉ, PAR LA BRENNE ET BEAUNE.

Désignation des lignes à construire.	Longueur des lignes.	Frais d'établissement.
	kil.	fr.
Corbeil à Chalon	339,829	101,948,700
Crugey, Dijon et Beaune	78,157	23,447,100
Dijon à Besançon	78,685	23,605,500
Paris à Strasbourg	460,000	138,000,000
	956,671	287,001,300

COMPARAISON AVEC LES AUTRES PROJETS.

En comptant l'intérêt à 4 p. 100 on aura pour différence des frais annuels : (second block of rows in each table)

1er Projet Bruchet.

Désignation des cinq autres projets.	Différence des frais d'établissement, en moins.	en plus.
	fr.	fr.
2. Delamarre	»	32,976,200
3. Courtois	»	41,702,100
4. Arnollet	»	36,673,200
5. Comité	4,386,600	»
6. Id.	9,678,600	»
Frais annuels :		
2. Delamarre	»	1,319,048
3. Courtois	»	1,700,484
4. Arnollet	»	1,160,928
5. Comité	175,464	»
6. Id.	387,144	»

2e Projet Delamarre.

Désignation des cinq autres projets.	en moins.	en plus.
	fr.	fr.
1. Bruchet	32,976,200	»
3. Courtois	»	11,785,900
4. Arnollet	»	3,597,000
5. Comité	34,254,000	»
6. Id.	42,654,800	»
Frais annuels :		
1. Bruchet	1,319,048	»
3. Courtois	»	471,336
4. Arnollet	»	143,880
5. Comité	1,370,160	»
6. Id.	1,706,192	»

3e Projet Courtois.

Désignation des cinq autres projets.	en moins.	en plus.
	fr.	fr.
1. Bruchet	14,702,100	»
2. Delamarre	11,785,900	»
4. Arnollet	8,088,900	»
5. Comité	46,040,700	»
6. Id.	54,440,700	»
Frais annuels :		
1. Bruchet	1,790,484	»
2. Delamarre	471,336	»
4. Arnollet	323,556	»
5. Comité	1,841,628	»
6. Id.	2,177,628	»

4e Projet Arnollet.

Désignation des cinq autres projets.	en moins.	en plus.
	fr.	fr.
1. Bruchet	36,673,200	»
2. Delamarre	3,097,000	»
3. Courtois	»	8,088,900
5. Comité	37,951,800	»
6. Id.	46,351,800	»
Frais annuels :		
1. Bruchet	1,466,928	»
2. Delamarre	147,880	»
3. Courtois	»	323,556
5. Comité	1,518,072	»
6. Id.	1,854,072	»

5e Projet du Comité.

Désignation des cinq autres projets.	en moins.	en plus.
	fr.	fr.
1. Bruchet	»	4,800,000
2. Delamarre	»	34,254,000
3. Courtois	»	46,040,700
4. Arnollet	»	37,951,800
6. Comité	8,400,000	»
Frais annuels :		
1. Bruchet	»	175,464
2. Delamarre	»	1,370,160
3. Courtois	»	1,841,628
4. Arnollet	»	1,318,072
6. Comité	336,000	»

6e Projet du Comité.

Désignation des cinq autres projets.	en moins.	en plus.
	fr.	fr.
1. Bruchet	»	9,678,600
2. Delamarre	»	42,654,800
3. Courtois	»	54,440,700
4. Arnollet	»	46,351,800
5. Comité	»	8,400,000
Frais annuels :		
1. Bruchet	»	387,144
2. Delamarre	»	1,706,192
3. Courtois	»	2,177,628
4. Arnollet	»	1,854,072
5. Comité	»	336,000

Quoique l'on ne sache pas encore si le chemin de Lyon à Strasbourg sera dirigé par la vallée du Doubs ou la Haute-Saône, dans le tableau A, nous avons supposé le chemin passant par Besançon ; c'est à notre avis le tracé le plus rationnel. D'après cette supposition, tous les projets aboutissant à Besançon et depuis là suivant la même direction, nous n'avons pas porté dans les frais de construction la partie commune à tous les projets de Besançon à Mulhouse, ce qui ne change rien aux comparaisons que nous établissons, ni aux résultats de nos calculs.

Dans le cas où le chemin passerait par la Haute-Saône, il ne conviendrait pas mieux de le faire passer par Dijon ; depuis Chalon il devrait être dirigé directement dans la vallée de la Saône, et la différence sur l'étendue du parcours serait la même que par la vallée du Doubs, ce qui ne changerait rien à nos calculs.

(Tableau E.)

Frais de Circulation à Paris

Des transports de la route de Lyon pour communiquer aux Chemins du Nord et de l'Ouest, d'après la situation de l'embarcadère à la barrière des Vertus ou au boulevart de l'Hôpital.

Dans les mémoires de M. Courtois, de M. Dessessard, et des députés plus particulièrement intéressés à l'exécution de la ligne par Troyes, les calculs faits pour établir la supériorité du point de départ à la barrière des Vertus sur celui de la gare d'Orléans, on porte la totalité des transports de la route de Lyon comme devant être nécessairement à destination des chemins du Nord ou du Hâvre ; une pareille supposition n'est pas admissible. La généralité des voyageurs et des marchandises, circulant sur le chemin de Lyon à Paris, loin d'arriver en transit, auront, au contraire, en grande partie, cette dernière ville pour destination. En évaluant au sixième le nombre des voyageurs, et au tiers la quantité de marchandises devant être dirigés directement sur le Hâvre et sur le Nord, nous faisons une large part aux calculs de nos adversaires ; d'après le mouvement général de la circulation, la distance entre les deux embarcadères étant de 12 k. 70, ce serait (*Voir le tableau B.*) :

A destination des lignes du Nord.

78,333 voyageurs × 0,08c × 12 kilomètres 70 = 79,585 }
34,378 tonnes marchandises × 0,16c × 12 kilomètres 70 = 110,490 } 190,075 fr.

Le point d'arrivée du chemin de Lyon à la gare d'Orléans occasionnerait aux marchandises et aux voyageurs un surcroît de dépense de 190,075 francs.

De cette somme, il faut bien diminuer aussi le surcroît de dépenses qu'occasionnerait, aux transports de Lyon à destination du centre et de l'ouest de la France, le point d'arrivée à la barrière des Vertus. Ayant porté un sixième des voyageurs, et un quart des marchandises à destination du Hâvre et du Nord ne s'arrêtant pas à Paris, nous pouvons bien prendre un dixième des voyageurs et un huitième des marchandises comme étant à destination de l'ouest et du centre de la France que le point d'arrivée à la gare d'Orléans dispenserait du parcours de 12 kilomètres 70, qui la séparerait de celle de la barrière des Vertus, soit :

A destination des lignes du centre.

47,000 voyageurs × 0,08c × 12 kilomètres 70 = 47,752 }
27,187 tonnes marchandises × 0,16c × 12 kilomètres 70 = 55,243 } 102,995 fr.

Des frais de circulation des transports à destination des lignes du Nord.	190,075 fr.
Déduisant ceux des transports à destination des lignes du Centre	102,995 fr.
Reste donc seulement comme supplément de frais annuels que le point d'arrivée du chemin de Lyon à la gare d'Orléans, occasionnerait à la circulation des voyageurs et des marchandises dans Paris.	87,080 fr.

(Tableau D).

Tableau des Longueurs de construction et des Frais d'établissement

Des Lignes de Chemins de Fer de Paris à Lyon, Paris à Strasbourg et de Lyon à Strasbourg, d'après les différens projets, à raison de 300,000 fr. par kilomètre, prix moyen.

1er PROJET BRUCHET, PAR LE SEREIN.

Désignation des lignes à construire.	Longueur des lignes.	Frais d'établissement.
	kil.	fr.
Corbeil à Chalon	314,409	94,322,700
Chagny à Besançon	98,000	29,400,000
Chagny à Dijon	52,000	15,600,000
Paris à Strasbourg	460,000	138,000,000
	924,409	277,322,700

COMPARAISON AVEC LES AUTRES PROJETS.

Désignation des cinq autres projets.	Différence des frais d'établissement. en moins.	en plus.
	fr.	fr.
2. Delamarre	»	32,976,200
3. Courtois	»	44,702,100
4. Arnollet	»	36,673,200
5. Comité	4,386,600	»
6. Id.	9,678,600	»

2e PROJET DELAMARRE, PAR LA MARNE ET LA HAUTE-SEINE.

Désignation des lignes à construire.	Longueur des lignes.	Frais d'établissement.
	kil.	fr.
Paris à Chalon	394,390	118,317,000
Troyes à Strasbourg	341,080	102,324,000
Dijon à Besançon	78,685	23,605,500
	814,155	244,246,500

COMPARAISON AVEC LES AUTRES PROJETS.

Désignation des cinq autres projets.	Différence des frais d'établissement. en moins.	en plus.
	fr.	fr.
1. Bruchet	32,976,200	»
3. Courtois	»	11,785,900
4. Arnollet	»	3,697,000
5. Comité	34,254,000	»
6. Id.	42,654,800	»

3e PROJET COURTOIS, PAR LA MARNE ET L'AUBE.

Désignation des lignes à construire.	Longueur des lignes.	Frais d'établissement.
	kil.	fr.
Paris à Chalon	406,430	121,929,000
Brienne à Strasbourg	309,240	92,772,000
Thil-Châtel à Besançon	59,532	17,859,600
	775,202	232,560,600

COMPARAISON AVEC LES AUTRES PROJETS.

Désignation des cinq autres projets.	Différence des frais d'établissement. en moins.	en plus.
	fr.	fr.
1. Bruchet	44,702,100	»
2. Delamarre	11,785,900	»
4. Arnollet	8,088,200	»
5. Comité	46,040,700	»
6. Id.	54,440,700	»

4e PROJET ARNOLLET, PAR LA SEINE DANS TOUT SON PARCOURS.

Désignation des lignes à construire.	Longueur des lignes.	Frais d'établissement.
	kil.	fr.
Corbeil à Chalon	382,400	114,720,000
Troyes à Strasbourg	341,080	102,324,000
Dijon à Besançon	78,685	23,605,500
	802,165	240,649,500

COMPARAISON AVEC LES AUTRES PROJETS.

Désignation des cinq autres projets.	Différence des frais d'établissement. en moins.	en plus.
	fr.	fr.
1. Bruchet	36,673,200	»
2. Delamarre	3,697,000	»
3. Courtois	»	8,088,200
5. Comité	37,951,800	»
6. Id.	46,351,800	»

5e PROJET DU COMITÉ, PAR L'ARMANÇON.

Désignation des lignes à construire.	Longueur des lignes.	Frais d'établissement.
	kil.	fr.
Corbeil à Chalon	389,986	116,995,800
Dijon à Besançon	78,685	23,605,500
Paris à Strasbourg	460,000	138,000,000
	928,671	278,601,300

COMPARAISON AVEC LES AUTRES PROJETS.

Désignation des cinq autres projets.	Différence des frais d'établissement. en moins.	en plus.
	fr.	fr.
1. Bruchet	»	4,386,600
2. Delamarre	»	34,254,000
3. Courtois	»	46,040,700
4. Arnollet	»	37,951,800
6. Comité	8,400,000	»

6e PROJET DU COMITÉ, PAR LA BRENNE ET BEAUNE.

Désignation des lignes à construire.	Longueur des lignes.	Frais d'établissement.
	kil.	fr.
Corbeil à Chalon	336,829	101,048,700
Crugey, Dijon et Beaune	78,157	23,447,100
Dijon à Besançon	78,685	23,605,500
Paris à Strasbourg	460,000	138,000,000
	953,671	286,101,300

COMPARAISON AVEC LES AUTRES PROJETS.

Désignation des cinq autres projets.	Différence des frais d'établissement. en moins.	en plus.
	fr.	fr.
1. Bruchet	»	9,678,600
2. Delamarre	»	42,654,800
3. Courtois	»	54,440,700
4. Arnollet	»	46,351,800
5. Comité	»	8,400,000

En comptant l'intérêt à 4 p. 100 on aura pour différence des frais annuels :

Projet	Désignation	en moins.	en plus.
1er Bruchet	2. Delamarre	»	1,319,048
	3. Courtois	»	1,790,484
	4. Arnollet	»	1,466,928
	5. Comité	175,464	»
	6. Id.	387,144	»
2e Delamarre	1. Bruchet	1,319,048	»
	3. Courtois	»	471,336
	4. Arnollet	»	147,880
	5. Comité	1,370,160	»
	6. Id.	1,706,192	»
3e Courtois	1. Bruchet	1,790,484	»
	2. Delamarre	471,336	»
	4. Arnollet	323,530	»
	5. Comité	1,841,628	»
	6. Id.	2,177,628	»
4e Arnollet	1. Bruchet	1,466,928	»
	2. Delamarre	147,880	»
	3. Courtois	»	323,530
	5. Comité	1,518,072	»
	6. Id.	1,854,072	»
5e Comité	1. Bruchet	»	175,464
	2. Delamarre	»	1,370,160
	3. Courtois	»	1,841,628
	4. Arnollet	»	1,518,072
	6. Comité	336,000	»
6e Comité	1. Bruchet	»	387,144
	2. Delamarre	»	1,706,192
	3. Courtois	»	2,177,628
	4. Arnollet	»	1,854,072
	5. Comité	»	336,000

Quoique l'on ne sache pas encore si le chemin de Lyon à Strasbourg sera dirigé par la vallée du Doubs ou la Haute-Saône, dans le tableau A, nous avons supposé le chemin passant par Besançon ; c'est à notre avis le tracé le plus rationnel. D'après cette supposition, tous les projets aboutissant à Besançon et depuis là suivant la même direction, nous n'avons pas porté dans les frais de construction la partie commune à tous les projets de Besançon à Mulhouse, ce qui ne change rien aux comparaisons que nous établissons, ni aux résultats de nos calculs.

Dans le cas où le chemin passerait par la Haute-Saône, il ne conviendrait pas mieux de le faire passer par Dijon; depuis Chalon il devrait être dirigé directement dans la vallée de la Saône, et la différence sur l'étendue du parcours serait la même que par la vallée du Doubs, ce qui ne changerait rien à nos calculs.

(Tableau E.)

Frais de Circulation à Paris

Des transports de la route de Lyon pour communiquer aux Chemins du Nord et de l'Ouest, d'après la situation de l'embarcadère à la barrière des Vertus ou au boulevart de l'Hôpital.

Dans les mémoires de M. Courtois, de M. Dessessard, et des députés plus particulièrement intéressés à l'exécution de la ligne par Troyes, les calculs faits pour établir la supériorité du point de départ à la barrière des Vertus sur celui de la gare d'Orléans, on porte la totalité des transports de la route de Lyon comme devant être nécessairement à destination des chemins du Nord ou du Hâvre ; une pareille supposition n'est pas admissible. La généralité des voyageurs et des marchandises, circulant sur le chemin de Lyon à Paris, loin d'arriver en transit, auront, au contraire, en grande partie, cette dernière ville pour destination. En évaluant au sixième le nombre des voyageurs, et au tiers la quantité de marchandises devant être dirigés directement sur le Hâvre et sur le Nord, nous faisons une large part aux calculs de nos adversaires; d'après le mouvement général de la circulation, la distance entre les deux embarcadères étant de 12 k. 70, ce serait (*Voir le tableau* B.) :

A destination des lignes du Nord.
78,333 voyageurs × 0,08c × 12 kilomètres 70 = 79,585 }
34,378 tonnes marchandises × 0,16c × 12 kilomètres 70 = 110,490 } 190,075 fr.

Le point d'arrivée du chemin de Lyon à la gare d'Orléans occasionnerait aux marchandises et aux voyageurs un surcroît de dépense de 190,075 francs.

De cette somme, il faut bien diminuer aussi le surcroît de dépenses qu'occasionnerait, aux transports de Lyon à destination du centre et de l'ouest de la France, le point d'arrivée à la barrière des Vertus. Ayant porté un sixième des voyageurs, et un quart des marchandises à destination du Hâvre et du Nord ne s'arrêtant pas à Paris, nous pouvons bien prendre un dixième des voyageurs et un huitième des marchandises comme étant à destination de l'ouest et du centre de la France que le point d'arrivée à la gare d'Orléans dispenserait du parcours de 12 kilomètres 70, qui la séparerait de celle de la barrière des Vertus, soit :

A destination des lignes du centre
47,000 voyageurs × 0,08c × 12 kilomètres 70 = 47,752 }
27,187 tonnes marchandises × 0,16c × 12 kilomètres 70 = 55,243 } 102,995 fr.

Des frais de circulation des transports à destination des lignes du Nord . . . . 190,075 fr.
Déduisant ceux des transports à destination des lignes du Centre . . . . 102,995 fr.
Reste donc seulement comme supplément de frais annuels que le point d'arrivée du chemin de Lyon à la gare d'Orléans, occasionnerait à la circulation des voyageurs et des marchandises dans Paris . . . . 87,080 fr.

(TABLEAU F.)

Récapitulation des Tableaux B, C, D, E,

indiquant les avantages respectifs et comparatifs des six projets entre eux sous le rapport des frais annuels.

PROJETS.	DÉSIGNATION des projets servant de terme de comparaison.	FRAIS ANNUELS de transport.		INTÉRÊTS ANNUELS des frais d'établissement.		FRAIS ANNUELS DE TRANSPORT pour communiquer, à Paris, avec les chemins du Nord et du Havre.		COMPARATIVEMENT AUX AUTRES PROJETS. TOTAL DE L'	
		en moins.	en plus.	en moins.	en plus.	en moins.	en plus.	Économie annuelle sur les dépenses.	Excédant annuel de dépenses.
		fr.	fr.	fr.	fr.	fr.	fr.	fr.	fr.
BRUCHET, PAR LE SEREIN.	2. Delamarre	6,231,598	»	»	1,319,048	»	87,080	4,825,470	»
	3. Courtois	6,457,168	»	»	1,790,484	»	87,080	4,579,608	»
	4. Arnollet	8,419,466	»	»	1,160,928	»	»	6,952,538	»
	5. Comité (Armançon)	6,774,607	»	175,464	»	»	»	6,950,071	»
	6. Comité (Brenne)	3,983,591	»	387,144	»	»	»	4,370,735	»
DELAMARRE, PAR LA BRIE ET LA HAUTE-SEINE.	1. Bruchet	»	6,231,598	1,319,048	»	87,080	»	»	4,825,470
	2. Courtois	225,570	»	»	471,436	»	»	»	245,966
	4. Arnollet	2,187,868	»	»	147,880	87,080	»	2,127,068	»
	5. Comité (Armançon)	543,009	»	1,370,160	»	87,080	»	2,001,249	»
	6. Id. (Brenne)		2,248,007	1,706,192	»	87,080	»	»	444,135
COURTOIS, PAR LA BRIE ET L'AUBE.	1. Bruchet	»	6,457,168	1,466,988	»	87,080	»	»	4,570,608
	2. Delamarre	»	225,570	147,880	»	»	»	245,966	»
	4. Arnollet	1,962,298	»	323,556	»	87,080	»	2,372,934	»
	5. Comité (Armançon)	500,304	»	1,841,028	»	87,080	»	2,435,019	»
	6. Id. (Brenne)	»	1,962,295	2,177,028	»	87,080	»	309,410	»
ARNOLLET, PAR LA SEINE, DANS TOUT SON PARCOURS.	1. Bruchet	»	8,419,466	1,466,928	»	»	»	»	6,952,538
	2. Delamarre	»	2,187,868	147,880	»	»	87,080	»	2,127,068
	3. Courtois	»	1,962,298	»	323,556	»	87,080	»	2,435,012
	5. Comité (Armançon)	»	1,643,859	1,518,072	»	»	»	»	125,787
	6. Comité (Brenne)	»	4,435,875	1,854,072	»	»	»	»	2,581,803
COMITÉ, PAR L'ARMANÇON.	1. Bruchet	»	6,774,607	»	175,464	»	»	»	6,950,071
	2. Delamarre	»	543,009	»	1,370,160	»	87,080	»	2,197,068
	3. Courtois	»	500,304	»	1,841,028	»	87,080	»	2,435,019
	4. Arnollet	1,643,859	»	»	1,518,072	»	»	125,787	»
	6. Comité (Brenne)	»	2,792,016	356,000	»	»	»	»	2,458,016
COMITÉ, PAR LA BRENNE ET BEAUNE.	1. Bruchet	»	3,983,591	»	387,144	»	»	»	4,370,735
	2. Delamarre	2,248,007	»	»	1,706,192	»	87,080	444,735	»
	3. Courtois	1,962,298	»	»	2,177,028	»	87,080	»	309,440
	4. Arnollet	4,435,875	»	»	1,854,072	»	»	2,581,803	»
	5. Comité (Armançon)	2,792,016	»	»	356,000	»	»	2,435,016	»

OBSERVATIONS

Le projet par le Serein dans les frais annuels, présente une économie extraordinaire sur les autres projets.

Le projet par la Marne et la Haute-Seine offre une notable économie sur le projet de la Seine dans tout son parcours et celui par l'Armançon, mais aurait un petit excédant de dépenses sur ceux de l'Aube et de la Brenne et Beaune; cette différence dans les frais annuels, qui est à peu près la même pour ces deux projets, ne serait pas assez sensible pour déterminer une préférence qui n'aurait pas d'autre cause.

Pour l'économie des frais annuels, le projet par la Marne et l'Aube vient immédiatement après celui du Serein.

Si dans le projet par la Seine dans tout son parcours, qui se présente plus défavorablement que tous les autres projets, on ne rendait pas la ligne commune de Paris à Troyes, et si on dirigeait, ainsi que dans les projets numéros 1, 5 et 6, une ligne directe de Paris à Strasbourg, le projet par l'Armançon, au lieu de présenter un avantage offrirait, au contraire, un excédant de dépenses.

Le projet par l'Armançon est celui de tous les projets où les frais annuels seraient les plus considérables.

Le projet par la Brenne et Beaune présente un avantage assez marquant sur les projets de la Seine dans tout son parcours et celui de l'Armançon, et une faible différence sur celui par la Marne et la Seine.

Résumé.

Le projet par le Serein se présente, sans contestation, avec infiniment plus d'avantages que tous les autres projets. — Si on méconnaissait les intérêts du pays en repoussant notre projet, par des considérations que nous ne pouvons comprendre, soit que l'on adopte le système de lignes communes ou de lignes directes, le projet par *la Marne et la Haute-Seine devrait être adopté de préférence à tous les autres*, la faible différence qu'il présente sur les frais annuels du projet par l'Aube serait largement compensée par les autres avantages qu'il présente.

Si à l'excédant des frais annuels on ajoute les autres inconvénients qu'il présente, le projet par l'Armançon devient le moins favorable de tous ceux qui sont proposés.

(TABLEAU G).

Tableau des Hauteurs à franchir

sur les différens tracés de Chemins de Fer de Paris à Chalon-sur-Saône.

N. 1. Tracé Bruchet, par le Sereın.

Points de passage du tracé.	Cotes des hauteurs au-dessus du niveau de la mer.	Différence de niveau ou hauteur des rampes.	pentes.
	mètres	mètres	mètres
...nt de départ à Paris	35,30	»	»
...tre Choisy et Orly	39,30	4,00	»
...leneuve-le-Roi	37,47	»	1,83
...lon	40,71	3,24	»
...is Mons	37,33	»	2,38
...rbeil	40, »	2,67	»
...Fargeau	82,50	42,50	»
...uthierry	63,10	»	19,40
...llée de la Selle	86,25	23,15	»
...ngy	74, »	»	14,25
...t de Fontainebleau	82,50	8,50	»
...emmes	51,25	»	31,25
...-St.-Yonne	68,15	16,90	»
...d.	63,65	»	4,50
...s	70,65	7,00	
...d.	67,81	»	2,84
...gny	72,40	4,56	»
...ssangis	71,65	»	0,75
...Julien-du-Sault	76,85	5,20	»
	75,40	»	1,45
...uterrain de Maupas	388, »	312,00	»
...rnay	360,52	»	27,48
...uterrain de Saisy	389,34	28,80	
...lon	180, »	»	209,32
		461,06	315,35
		776,41	

N. 2. Tracé Delamarre, par la Marne et la Seine.

Points de passage du tracé.	Cotes des hauteurs au-dessus du niveau de la mer.	Différence de niveau ou hauteur des rampes.	pentes.
	mètres	mètres	mètres
Point de départ à Paris	44,50	»	»
A 600 mèt. de Noisy-le-Sec	56,05	11,55	»
Chelles R. R. N. 34	38,50	»	17,55
Entre St.-Geny et Bouchy-le-Repos	154,85	116,35	»
	58,52	»	96,33
R. R. N. 13 de Paris à Bâle	73,33	14,81	»
Entre Périgny et Mamay	67,48	»	5,85
Souterrain d'Echallot	281,83	225,75	»
Près la Tille, rivière	230,71	»	160,50
Avant d'arriver à Dijon	243,21	12,50	»
L'Ouche, rivière	228,96	»	14,25
Après le passage du canal	235,02	6,06	»
A Chalon	180, »	»	55,02
		483,58	350,14
		833,72	

N. 3. Tracé Courtois par l'Aube.

Points de passage du tracé.	Cotes des hauteurs au-dessus du niveau de la mer.	Différence de niveau ou hauteur des rampes.	pentes.
	mètres	mètres	mètres
Point de départ de Paris	44,50		
A 600 mèt. après Noisy-le-Sec	56,05	11,55	
Chelles R. R. N. 34	38,50	»	17,55
Entre Geney et Bouchy-le-Repos	154,85	116,35	»
	74,63	»	80,22
Souterrain de Chalmessin	380,00	305,35	»
Rivière de Norge	233,96	»	146,04
Echirey	248,07	14,11	»
A Chalon	180, »	»	68,07
		441,54	318,90
		760,44	

N. 4. Tracé Arnollet, par la Seine, dans tout son parcours.

Points de passage du tracé.	Cotes des hauteurs au-dessus du niveau de la mer.	Différence de niveau ou hauteur des rampes.	pentes.
	mètres	mètres	mètres
Point de départ	35,30	»	»
Entre Choisy et Orly	39,30	4,00	»
Villeneuve-le-Roi	37,47	»	1,83
Ablon	40,71	3,24	»
Athis Mons	37,33	»	3,38
Près la Colonne	53,50	16,17	»
Près Montereau	51,00	»	2,50
Route royale, n. 19, de Paris à Bâle	73,38	22,38	»
Entre Perrigny et Mamay	67,48	»	5,90
Souterrain d'Echallot	391,21	323,73	»
Près la Tille, rivière	230,71	»	160,50
Avant d'arriver à Dijon	243,51	12,80	»
L'Ouche, rivière	229,06	»	14,25
Après le passage du canal	235,62	6,56	»
A Chalon	180,00	»	55,62
		* 47,01	60,14
		435,59	304,12
		739,81	

(*) Comme amélioration à notre tracé principal, nous avons adopté une variante qui présente un grand raccourcissement, mais cette variante augmente les rampes de 47 m. 01 et les pentes de 60 m. 14, de Corbeil à Montereau; nous avons basé tous nos calculs pour la longueur des projets n° 4, 5 et 6 d'après cette amélioration, il convient d'ajouter à la hauteur de ces tracés les 47 m. 01 pour les rampes, et 60 m. 14 pour les pentes.

N. 5. Tracé du Comité, par l'Armançon.

Points de passage du tracé.	Cotes des hauteurs au-dessus du niveau de la mer.	Différence de niveau ou hauteur des rampes.	pentes.
	mètres	mètres	mètres
De Paris à Montereau, comme au projet, n. 4	51,00	23,41	7,71
Pont-sur-Yonne	57,99	6,99	»
Id.	53,15	»	4,84
Passage de l'Yonne à Sens	70,80	7,05	»
Id.	67,16	»	3,64
	73,05	5,89	»
	71,13	»	1,95
Après Villeneuve-le-Roi	77,55	6,42	»
	76,15	»	1,40
	80,30	4,15	»
Avant Joigny	77,15	»	3,15
	82,44	5,29	»
	81,82	»	0,62
	85,98	4,16	»
A La Roche	85,14	»	0,84
Pouilly	397,55	312,41	»
Dijon	238,00	»	159,55
	244,61	6,61	»
	232,47	»	12,14
	238,48	6,01	»
	230,55	»	7,93
Nuits	237,50	6,95	»
Beaune	221,76	»	15,74
	225,50	3,74	»
Chagny	218,70	»	7,80
	225,78	7,08	»
Chalon	180, »	»	45,78
		* 47,01	60,14
		452,77	331,90
		783,87	

N. 6. Tracé du Comité, par la Brenne et Beaune.

Points de passage du tracé.	Cotes des hauteurs au-dessus du niveau de la mer.	Différence de niveau ou hauteur des rampes.	pentes.
	mètres	mètres	mètres
Comme au projet n. 5, jusqu'à la Roche	85,14	63,96	24,19
Souterrain de Livry	407,00	321,86	»
Chagny	216,70	»	190,30
	223,78	7,08	»
Chalon	180,00	»	43,78
		* 47,01	60,14
		439,97	318,40
		758,37	

Comparaison du tracé n° 1 avec les autres tracés.

Désignation des cinq autres tracés.	Différence en plus.	en moins.
2. Delamarre	»	59,22
3. Courtois	16,00	»
4. Arnollet	56,60	»
5. Par l'Armançon	»	7,47
6. Par la Brenne	18,15	»
	»	4,19
	90,88	70,88

Comparaison du tracé n° 2 avec les autres tracés.

Désignation des cinq autres tracés.	Différence en plus.	en moins.
N° 1. Bruchet	59,22	»
N° 3. Courtois	73,28	»
N° 4. Arnollet	95,21	»
N° 5. Par l'Armançon	51,97	»
N° 6. Par la Brenne	77,35	»
	»	359,73
	359,73	359,73

Comparaison du tracé n° 3 avec les autres tracés.

Désignation des cinq autres tracés.	Différence en plus.	en moins.
N° 1. Bruchet	»	16,06
N° 2. Delamarre	»	73,28
N° 4. Arnollet	20,53	»
N° 5. Par l'Armançon	»	23,53
N° 6. Par la Brenne	2,07	»
	92,17	»
	114,87	114,87

Comparaison du tracé n° 4 avec les autres tracés.

Désignation des cinq autres tracés.	Différence en plus.	en moins.
N° 1. Bruchet	»	56,60
N° 2. Delamarre	»	95,21
N° 3. Courtois	»	20,53
N° 5. Armançon	»	41,16
N° 6. Brenne	»	18,56
	232,06	»
	232,06	232,06

Comparaison du tracé n° 5 avec les autres tracés.

Désignation des cinq autres tracés.	Différence en plus.	en moins.
N° 1. Bruchet	7,47	»
N° 2. Delamarre	»	51,97
N° 3. Courtois	23,53	»
N° 4. Arnollet	41,16	»
N° 6. Par la Brenne	25,60	»
	»	45,79
	100,76	100,76

Comparaison du tracé n° 6 avec les autres tracés.

Désignation des cinq autres tracés.	Différence en plus.	en moins.
N° 1. Bruchet	»	18,15
N° 2. Delamarre	»	77,35
N° 3. Courtois	»	2,07
N° 4. Arnollet	18,56	»
N° 5. Armançon	»	25,60
	104,59	»
	123,15	123,15

(Tableau H.)

Tableau comparatif des Populations

comprises dans des zones de 11 kilomètres à droite et à gauche des cinq tracés de chemins de fer de Paris à Lyon par la Bourgogne, pour la partie comprise entre Paris et Chalon-sur-Saône.

DÉSIGNATION des TRACÉS.	DÉPARTEMENS COMPRIS DANS LA ZONE. NOMS.	ÉTENDUE du TERRITOIRE en hectares.	POPULATION D'APRÈS LE RECENSEMENT de 1836. TOTALE.	POPULATION 1836. Par kilomètre carré.	MOYENNE par kilomètre carré.	POPULATION d'après le recensement de 1842.	DIFFÉRENCE du recensement de 1836 à 1842.	AUGMENTATION TOTALE de la population de 1836 à 1842	MOYENNE proportionnelle de l'accroissement de la population, de 1836 à 1842. Par chaque département.	MOYENNE ... Sur la zone de chaque tracé.	LONGUEUR effective de chaque tracé (1).	ZONE DE 22 KILOMÈTRES TRAVERSÉE PAR CHAQUE TRACÉ. NOMBRE. Chefs-lieux de département et d'arrondissement.	NOMBRE. Chefs-lieux de canton.	NOMBRE. de communes.	POPULATION. Agglomérée ou des chefs-lieux d'arrondissement et de canton.	POPULATION. TOTALE.	POPULATION. MOYENNE. Par commune.	POPULATION. MOYENNE. Par kilomètre de longueur.	POPULATION. MOYENNE. Par kilomètre carré.	OBSERVATIONS.
BRUCHET, par le Serein.	Seine-et-Oise	593,810	449,582	77,94	58,18	470,948	21,366	57,197	22,04	31,43	215,759	7	23	495	93,046	348,260	701	1,256	57,40	(1) Nous avons déduit de la longueur de chaque tracé la population déjà desservie par le chemin de fer de Corbeil, celle qui le serait par la ligne directe de Strasbourg, et celle de Dijon à Chalon, qui serait également desservie par tous les tracés.
	Seine-et-Marne	563,482	325,881	57,83		333,260	7,379		45,16											
	Yonne	728,747	355,237	48,75		362,961	7,724		40,99											
	Côte-d'Or	856,445	385,624	45,03		393,316	7,692		51,13											
	Saône-et-Loire	850,472	538,507	62,87		561,543	23,036		23,33											
			2054,831			2112,018														
DELAMARRE, par la Marne et la Seine.	Seine-et-Oise	593,810	449,582	77,94	55,32	470,948	21,366	52,134	22,04	41,91	272,930	5	16	389	61,604	220,914	576	809	36,93	
	Seine-et-Marne	563,482	325,881	57,83		333,260	7,379		45,16											
	Marne	840,273	343,245	41,09		356,632	11,387		31,32											
	Aube	609,000	253,870	41,69		258,180	4,310		59,90											
	Côte-d'Or	856,445	385,624	43,03		393,316	7,692		51,13											
			1760,202			1812,336														
COURTOIS, par l'Aube.	Seine-et-Marne	563,482	325,881	57,83	44,31	333,260	7,379	32,368	45,16	40,40	284,970	4	18	438	35,792	192,495	465	510	32,08	(2) Le tracé modifié par la Brenne et Beaune, relativement à la population, se trouverait dans les mêmes conditions que le tracé par l'Armançon.
	Marne	840,273	345,245	41,09		356,632	11,387		31,32											
	Aube	609,000	253,870	41,69		258,180	4,310		59,90											
	Haute-Marne	633,172	255,960	40,43		257,567	1,593		101,10											
	Côte-d'Or	856,445	385,624	43,03		393,316	7,692		51,13											
			1566,580			1598,965														
ARNOLLET, par la Seine.	Seine-et-Oise	593,810	449,582	77,94	50,05	470,948	21,366	59,858	22,04	30,31	286,400	4	19	432	58,915	267,193	619	937	42,79	
	Seine-et-Marne	563,482	325,881	57,83		333,260	7,379		45,16											
	Marne	880,273	345,245	41,09		356,632	11,387		31,32											
	Yonne	728,747	355,237	48,75		362,961	7,724		46,09											
	Côte-d'Or	856,445	385,624	43,03		393,316	7,692		51,13											
	Aube	609,000	253,870	41,69		258,180	4,310		59,90											
			2115,430			2175,297														
DU COMITÉ, par l'Armançon (2).	Seine-et-Oise	593,810	449,582	77,94	51,94	470,948	21,366	46,471	22,04	37,52	283,866	6	19	536	70,855	275,921	519	972	44,06	(3) Les chiffres gras indiquent une différence en moins, la population du Cher, de 1836 à 1842, ayant diminué au lieu d'augmenter.
	Seine-et-Marne	563,482	325,881	57,83		333,260	7,379		45,16											
	Yonne	728,747	355,237	48,75		362,961	7,724		46,16											
	Aube	609,000	253,870	41,69		258,180	4,310		59,90											
	Côte-d'Or	856,445	385,624	43,03		393,316	7,692		51,13											
			1770,194			1816,665														
Par la Loire	Loiret	675,191	316,189	46,21	48,71	318,452	2,263	35,007	140,10	52,01	»	(4) »	»	»	»	»	»	»	»	(4) La direction par la Loire ayant été mise hors de cause, nous ne nous sommes pas occupé de relever la population relative à cette direction.
	Loir-et-Cher	635,116	244,043	38,09		249,462	5,419		43,03											
	Cher	740,114	276,853	34,60		273,645	(3) **3,208**		85,30											
	Nièvre	677,305	297,550	41,71		305,346	7,796		38,17											
	Allier	742,232	309,270	40,18		311,361	2,091		148,00											
	Loire	492,032	412,419	78,51		434,083	21,660		20,19											
			1856,384			1892,351														

Ce tableau démontre, sous le rapport de la population, la supériorité du projet par le Serein comparativement à tous ceux qu'on lui oppose. Nous voyons en effet que l'accroissement de la population de la zone du tracé par le Serein se présente en premier ordre, et que les zones des autres lignes arrivent précisément en raison directe de leur proximité de notre direction.

La population spécifique ou par kilomètre carré se trouve dans le même ordre que la différence de l'accroissement général ; il en est de même de la population agglomérée ou des chefs-lieux de canton et d'arrondissement.

Résumé. — *Le tracé par le Serein, loin de traverser des contrées désertes, dessert au contraire un pays plus peuplé que les cinq autres tracés.*

Nota. — D'après le recensement fait en 1836, la population générale de la France était de 33,540,910 habitans ; d'après celui de 1842 elle est de 34,194,875 : l'augmentation a donc été, pendant cet espace de temps, de 653,965 habitans, ou d'un cinquante-deuxième environ pour la France entière. — L'augmentation pour le département de la Seine est d'un treizième.

La population pour la France entière est en moyenne de 63,76 habitans par kilomètre carré.

www.ingramcontent.com/pod-product-compliance
Lightning Source LLC
Chambersburg PA
CBHW060910180626
46818CB00004B/1908
9782011291622